VIENS AVEC TON CIERGE

DU MÊME AUTEUR

A compter de 2003, les San-Antonio seront numérotés par ordre chronologique d'écriture de Frédéric Dard, qui est aussi l'ordre originel des parutions.
Cette décision entraîne un changement de numérotation des S-A n° 1 à 107. Par contre, la numérotation des S-A n° 108 à 175 reste inchangée. (Voir à la fin de ce volume le tableau de correspondance entre l'ancienne numérotation et celle indiquée ci-dessous.)

1 *Réglez-lui son compte !*
2 *Laissez tomber la fille*
3 *Les souris ont la peau tendre*
4 *Mes hommages à la donzelle*
5 *Du plomb dans les tripes*
6 *Des dragées sans baptême*
7 *Des clientes pour la morgue*
8 *Descendez-le à la prochaine*
9 *Passez-moi la Joconde*
10 *Sérénade pour une souris défunte*
11 *Rue des Macchabées*
12 *Bas les pattes !*
13 *Deuil express*
14 *J'ai bien l'honneur de vous buter*
15 *C'est mort et ça ne sait pas !*
16 *Messieurs les hommes*
17 *Du mouron à se faire*
18 *Le fil à couper le beurre*
19 *Fais gaffe à tes os*
20 *A tue... et à toi*
21 *Ça tourne au vinaigre*
22 *Les doigts dans le nez*
23 *Au suivant de ces messieurs*
24 *Des gueules d'enterrement*
25 *Les anges se font plumer*
26 *La tombola des voyous*
27 *J'ai peur des mouches*
28 *Le secret de polichinelle*
29 *Du poulet au menu*
30 *Tu vas trinquer, San-Antonio*
31 *En long, en large et en travers*
32 *La vérité en salade*
33 *Prenez-en de la graine*
34 *On t'enverra du monde*
35 *San-Antonio met le paquet*
36 *Entre la vie et la morgue*
37 *Tout le plaisir est pour moi*
38 *Du sirop pour les guêpes*
39 *Du brut pour les brutes*
40 *J'suis comme ça*
41 *San-Antonio renvoie la balle*
42 *Berceuse pour Bérurier*
43 *Ne mangez pas la consigne*
44 *La fin des haricots*
45 *Y a bon, San-Antonio*
46 *De « A » jusqu'à « Z »*
47 *San-Antonio chez les Mac*
48 *Fleur de nave vinaigrette*
49 *Ménage tes méninges*
50 *Le loup habillé en grand-mère*
51 *San-Antonio chez les « gones »*
52 *San-Antonio polka*
53 *En peignant la girafe*
54 *Le coup du père François*
55 *Le gala des emplumés*
56 *Votez Bérurier*
57 *Bérurier au sérail*
58 *La rate au court-bouillon*
59 *Vas-y Béru !*
60 *Tango chinetoque*
61 *Salut, mon pope !*
62 *Mange et tais-toi*
63 *Faut être logique*
64 *Y a de l'action !*
65 *Béru contre San-Antonio*
66 *L'archipel des Malotrus*
67 *Zéro pour la question*
68 *Bravo, docteur Béru*
69 *Viva Bertaga*
70 *Un éléphant, ça trompe*
71 *Faut-il vous l'envelopper ?*
72 *En avant la moujik*
73 *Ma langue au chah*
74 *Ça mange pas de pain*

75 *N'en jetez plus !*
76 *Moi, vous me connaissez ?*
77 *Emballage cadeau*
78 *Appelez-moi chérie*
79 *T'es beau, tu sais !*
80 *Ça ne s'invente pas*
81 *J'ai essayé : on peut !*
82 *Un os dans la noce*
83 *Les prédictions de Nostrabérus*
84 *Mets ton doigt où j'ai mon doigt*
85 *Si, signore*
86 *Maman, les petits bateaux*
87 *La vie privée de Walter Klozett*
88 *Dis bonjour à la dame*
89 *Certaines l'aiment chauve*
90 *Concerto pour porte-jarretelles*
91 *Sucette boulevard*
92 *Remets ton slip, gondolier*
93 *Chérie, passe-moi tes microbes !*
94 *Une banane dans l'oreille*
95 *Hue, dada !*
96 *Vol au-dessus d'un lit de cocu*
97 *Si ma tante en avait*
98 *Fais-moi des choses*
99 *Viens avec ton cierge*
100 *Mon culte sur la commode*
101 *Tire-m'en deux, c'est pour offrir*
102 *A prendre ou à lécher*
103 *Baise-ball à La Baule*
104 *Meurs pas, on a du monde*
105 *Tarte à la crème story*
106 *On liquide et on s'en va*
107 *Champagne pour tout le monde !*
108 *La pute enchantée*
109 *Bouge ton pied que je voie la mer*
110 *L'année de la moule*
111 *Du bois dont on fait les pipes*
112 *Va donc m'attendre chez Plumeau*
113 *Morpions circus*
114 *Remouille-moi la compresse*
115 *Si maman me voyait !*
116 *Des gonzesses comme s'il en pleuvait*
117 *Les deux oreilles et la queue*
118 *Pleins feux sur le tutu*
119 *Laissez pousser les asperges*
120 *Poison d'avril ou la vie sexuelle de Lili Pute*
121 *Bacchanale chez la mère Tatzi*
122 *Dégustez, gourmandes !*
123 *Plein les moustaches*
124 *Après vous s'il en reste, monsieur le Président*
125 *Chauds, les lapins !*
126 *Alice au pays des merguez*
127 *Fais pas dans le porno*
128 *La fête des paires*
129 *Le casse de l'oncle Tom*
130 *Bons baisers où tu sais*
131 *Le trouillomètre à zéro*
132 *Circulez ! y a rien à voir*
133 *Galantine de volaille pour dames frivoles*
134 *Les morues se dessalent*
135 *Ça baigne dans le béton*
136 *Baisse la pression, tu me les gonfles !*
137 *Renifle, c'est de la vraie*
138 *Le cri du morpion*
139 *Papa, achète-moi une pute*
140 *Ma cavale au Canada*
141 *Valsez, pouffiasses*
142 *Tarte aux poils sur commande*
143 *Cocottes-minute*
144 *Princesse patte-en-l'air*
145 *Au bal des rombières*
146 *Buffalo Bide*
147 *Bosphore et fais reluire*
148 *Les cochons sont lâchés*
149 *Le hareng perd ses plumes*
150 *Têtes et sacs de nœuds*
151 *Le silence des homards*
152 *Y en avait dans les pâtes*
153 *Al capote*
154 *Faites chauffer la colle*
155 *La matrone des sleepinges*
156 *Foiridon à Morbac City*
157 *Allez donc faire ça plus loin*
158 *Aux frais de la princesse*
159 *Sauce tomate sur canapé*

160 *Mesdames, vous aimez ça*
161 *Maman, la dame fait rien qu'à me faire des choses*
162 *Les huîtres me font bâiller*
163 *Turlute gratos les jours fériés*
164 *Les eunuques ne sont jamais chauves*
165 *Le pétomane ne répond plus*
166 *T'assieds pas sur le compte-gouttes*
167 *De l'antigel dans le calbute*
168 *La queue en trompette*
169 *Grimpe-la en danseuse*
170 *Ne soldez pas grand-mère, elle brosse encore*
171 *Du sable dans la vaseline*
172 *Ceci est bien une pipe*
173 *Trempe ton pain dans la soupe*
174 *Lâche-le, il tiendra tout seul*
175 *Céréales killer*

Hors série :

Histoire de France.
Le standinge.
Béru et ces dames.
Les vacances de Bérurier.
Béru-Béru.
La sexualité.
Les Con.
Les mots en épingle de Françoise Dard.
Queue-d'âne.
Les confessions de l'Ange noir.
Y a-t-il un Français dans la salle ?
Les clés du pouvoir sont dans la boîte à gants.
Les aventures galantes de Bérurier.
Faut-il tuer les petits garçons qui ont les mains sur les hanches ?
La vieille qui marchait dans la mer.
San-Antoniaiseries.
Le mari de Léon.
Les soupers du prince.
Dictionnaire San-Antonio.
Ces dames du Palais Rizzi.
La nurse anglaise.
Le dragon de Cracovie.
Napoléon Pommier.

Œuvres complètes :

Vingt-neuf tomes parus.

Morceaux choisis :

1. *Réflexions énamourées sur les femmes*
2. *Réflexions pointées sur le sexe*
3. *Réflexions poivrées sur la jactance*
4. *Réflexions appuyées sur la connerie*
5. *Réflexions sur les gens de chez nous et d'ailleurs*
6. *Réflexions passionnées sur l'amour*
7. *Réflexions branlantes sur la philosophie*
8. *Réflexions croustillantes sur nos semblables*
9. *Réflexions définitives sur l'au-delà*
10. *Réflexions jubilatoires sur l'existence*

Mes délirades

SAN-ANTONIO

VIENS AVEC TON CIERGE

Fleuve Noir

ISBN 978-2-265-08501-5
ISSN 0768-1658

A Mohamed Bouamoud, en témoignage de vive amitié.

S.-A.

Quand j'entends ce que j'entends et quand je vois ce que je vois, je suis content de penser ce que je pense.

Formule Vaudoise

CHAPITRE PREMIER

DANS LEQUEL IL EST FORTEMENT QUESTION DE LA SANTÉ DE QUELQU'UN

Ils étaient quatre.

Des pas marrants. Des soucieux. Des qui coltinaient une partie de l'univers sur leurs épaules avant d'aller chercher le reste. Des mecs qui vivaient à part de tout parce que tout dépendait d'eux. On les devinait intemporels, à peine organiques. Ils avaient des yeux qui ne voyaient que l'avenir. Des gueules belles comme des coliques de plomb. Ils étaient fringués anonymes, et tous, dans les teintes anthracite. Les quatre portaient une chemise blanche et une cravate sans la moindre note vive. Je tairai leurs nationalités. A toi de les supposer. Et puis à quoi bon ? C'étaient des géants, du point de vue du rôle international qu'ils jouaient. Chose étrange, on ne se posait pas la question, en les regardant, de savoir s'ils étaient ou non intelligents. Ils se situaient hors critères. Peut-être n'avaient-ils jamais baisé ni mangé de foie gras arrosé de Château-d'Yquem, ni contemplé un coucher de soleil dans la montagne, ni respiré une fleur sans la cueillir. Il s'agissait de gens inexpugnables, venus au monde pour le faire.

Quand nous sommes entrés dans la salle des conférences, le Vieux et moi, après qu'un secrétaire blafard et un brin bossu nous eut annoncés, j'ai eu l'impression de comparaître devant une Haute Cour. Ces gens suaient l'indifférence mélancolique des tout-puissants. Ils n'étaient pas exactement graves, mais plutôt barbares, doucement barbares.

Je m'attendais à des poignées de main, il n'y en eut pas. Leurs mains, à ces quatre-là, servaient à tout autre chose qu'à accueillir. Elles se réservaient pour des gestes que nous ne pouvions connaître.

Le Vieux se montra obséquieux, papelard, comme le bon de Funès quand il joue les mielleux ronronneurs. Il me présenta après s'être présenté, mais les quatre fumiers s'abstinrent de me considérer, ne faisant pas plus de cas de moi que si j'étais un trou dans un morceau de gruyère.

Il n'y eut pas de silence, parce que le temps est une denrée trop précieuse dont la moindre seconde constitue une valeur chiffrable. L'un des quatre prit la parole en anglais, comme s'il allait de soi que nous pratiquions cette langue de merde.

Il s'adressa au Dabe, d'un ton précipité.

— L'on nous a assuré que votre homme était efficace, dit-il en me désignant d'un hochement de menton.

— Très efficace, renchérit le dirlo.

— Il s'agit d'une mission, non seulement périlleuse, mais qui nécessite beaucoup de psychologie.

— San-Antonio possède davantage de psychologie qu'un psychiatre, garantit mon Vénérable.

— Je l'espère, fit l'autre, et je ne sus si sa réflexion était ou non péjorative à l'endroit du corps médical, car il ne nuançait pas ses paroles. Elles tombaient, écrites, de ses lèvres.

— Il faudra surtout que votre homme fasse preuve d'un grand esprit d'initiative.

Le Vieux sourit et dit :

— Faites-lui confiance.

« Son homme » commençait à en avoir plein ses culottes de ces quatre pas beaux, de leur suffisance et de leur mépris.

J'ai jamais eu la vocation pour chiquer les bêtes de somme. Je me suis avancé vers le mochetar, la gueule grande ouverte et les lèvres retroussées comme la bête du Gévaudan quand elle apercevait un mouton en baguenaude. Je lui ai désigné ma mâchoire qui aurait conquis Samson. Il a regardé, sans piger, une lueur de surprise et, partant de là, d'intérêt, s'est allumée dans ses yeux fourbis à l'eau de Javel.

— Quoi donc ? il a murmuré.

— Je possède mes trente-deux dents, lui ai-je dit. A l'exception d'une prémolaire écornée par un noyau de banane, elles sont *made in Maman*. Les hommes, c'est comme les chevaux : quand la denture est bonne, l'animal est en état. Au lieu de poser cent six mille questions quant à mes capacités, expliquez plutôt ce que vous attendez de moi et c'est moi qui dirai si ce que vous voulez entre dans mes cordes ou non.

Le mec a froncé les sourcils, puis il a filé un coup de périscope à ses petits camarades. Les trois autres gardaient leurs sales gueules de raies, aussi hermétiques qu'un morlingue écossais. Quant au Vieux, il paraissait plus malheureux que le gars qui vient d'emboutir sa première voiture.

Mon terlocuteur s'est offert un léger temps mort qu'il a employé à tousser dans sa main en cornet. Il devait détester les dégourdis et tout ce qu'il pouvait admettre d'un subordonné de mon espèce, c'était qu'il lui réponde « Yes, sir » avec le menton pointé et les petits doigts sur la couture du grimpant. Mais il a fait taire sa réprobation et s'est dirigé vers un écran de verre posé sur une console. D'un geste rapide, il a pressé un bouton. L'écran s'est éclairé et dessus il y avait une carte de giographie (comme dit Béru).

— Vous connaissez ce pays ? m'a-t-il demandé.

Il me prenait pour qui, ce Nestor écouillé ? Pour un petit plouk passant son certificat d'études primaires ?

— Ça ressemble tellement à la République de San Bravo que ça doit être elle, j'ai répondu. Capitale Bravissimo.

Au lieu d'approbationner, l'examinateur a de nouveau pressé sur le bitougnard. A la place de la carte, s'est inscrite la photo d'un mec à gueule de forban, vêtu d'un uniforme blanc riche en décorations.

— Vous connaissez cet homme ?

— Si ça n'est pas Tiago Chiraco, le dictateur de San Bravo, c'est son frère jumeau.

Il a approuvé.

Tous les autres mataient le portrait de l'homme qui faisait trembler quatre millions de San Braviens. Une très vilaine frime en vérité. Du coup, les quatre gusmen m'ont paru beaux comme des anges sur des vitraux du XVe siècle. C'est marrant comme les hommes qui n'ont pas toujours l'âge de leurs artères possèdent immanquablement la gueule de leur saloperie.

Rappelle-toi un peu la bouille de Tiago Chiraco, mon frère. Surtout quand tu souffres d'un hoquet tenace.

Te souviens-tu de cette face anguleuse, de ce nez acéré comme la lame d'un poignard, de cette chevelure d'ébène, descendant bas, très bas, pour ne s'arrêter qu'à quatre centimètres des sourcils ; de ces lèvres minces, placées entre les parenthèses de deux rides cruelles ? Te souviens-tu, toi que voilà, connant sans cesse, de sa voix tonnante mais sèche dont il nous parvenait des bribes au gré des journaux télévisés ? Te rappelles-tu sa haute stature ? Ses grandes mains d'égorgeur qui virevoltaient autour de sa personne comme deux corbeaux autour d'une charogne ? Il avait la peau bistre, le visage glabre et un regard terriblement fixe que, de temps à autre, il affublait de lunettes à monture d'écaille, plus pour se donner une contenance, en les ôtant et les remettant, que pour corriger sa vue de faucon. C'était l'enfant terrible du Tiers monde. Un tyran extravagant, dont les renversements d'alliance déroutaient le monde diplomatique. On assurait qu'il allait parfois, de nuit, liquider de son propre revolver quelques détenus politiques dont on prétendait, le lendemain, qu'ils avaient tenté de s'évader. Il raffolait des femmes et en consommait beaucoup. Ses étreintes finissaient souvent mal car il était sadique, le bougre, et il lui arrivait de perdre tout contrôle lorsque ses bas instincts l'emparaient.

Sa gueule illuminée scintillait comme un vitrail au soleil sur le verre du diapositeur.

L'un des quatre merdologues fit un geste de répulsion en direction de l'écran.

Celui qui me parlait reprit :

— Le règne de cette crapule a suffisamment duré. Nous sommes le 3 mai, il faut que ce dictateur soit mort ou déposé avant le 28.

Ça m'a échappé :

— Pourquoi, le 28 ?

Ma question avait de l'importance car, avant d'y répondre, le type consulta ses compères du regard. Ils battirent des cils en signe d'approbation. Alors il rebrancha la carte du San Bravo et me désigna un point de la côte Nord-Ouest.

— Parce que l'affaire de Cuba recommence dans ce pays. Des rampes lance-missiles doivent être aménagées dans ce secteur à compter du 28 mai par une grande puissance étrangère et cela, nous ne le voulons pas !

— Il me semble que le bon Kennedy avait déjà résolu ce genre d'affaire d'une manière claire et péremptoire ? ai-je murmuré.

— C'était il y a plus de quinze ans, riposta mon enculoman, les choses ont évolué depuis. Chaque période nécessite des méthodes appropriées.

— Ne peut-on fomenter une révolution ?

Il parut prodigieusement agacé, car j'outrepassais mes prérogatives. On ne m'avait pas convoqué pour me demander mon avis, mais pour me donner des instructions.

— Une révolution requiert l'opposition d'une grande partie de la population, répondit-il cependant. Or le peuple sanbravien presque tout entier est fanatisé par son petit Hitler. Tant que Chiraco est en vie, nous ne pouvons espérer aucun concours de sa part. Toutes les tentatives entreprises dans ce sens ont lamentablement avorté.

— Très bien, alors dites-moi ce que je viens faire dans ce dilemme, par pitié.

— Le résoudre, riposta durement le scatologue (car je lui trouvais de plus en plus l'air d'un mange-merde tout-terrain).

— D'après ce que vous venez d'énoncer, il n'est qu'une manière d'y parvenir.

— En effet.

Pour le coup, je fis comme Pierre Ier de Russie : je montis sur mes grands chevaux.

— Hé, dites, monsieur X-trois-étoiles, il y a erreur dans la distribution : je suis policier et non tueur à gages, c'est pas le même cierge qui coule[1].

— On ne vous parle pas d'assassiner Tiago Chiraco.

— Alors ?

1. Par cette curieuse expression, San-Antonio fait référence à l'adage suivant : « Ne confondons pas chaude-pisse et première communion, c'est pas le même cierge qui coule. »

Note de blanchisseur.

— Il s'agit seulement d'introduire dans la place la personne qui s'occupera de la besogne.

— L'introduire dans la place ! Vous imaginez-vous que Chiraco soit un de mes anciens condisciples ? A quel titre serais-je moi-même reçu ?

Jusqu'alors, le Dabe n'avait pas moufté.

Voyant que les quatre mystérieux baisocrates répugnaient à m'expliquer le pourquoi du comment du chose, il le fit délibérément.

— Mon cher ami, vous vous doutez bien que si ces honorables gentlemen s'adressent à nous, alors qu'ils disposent d'un potentiel d'effectifs colossal…

Il a beurré la tartine des honorables en grande conscience, avec des mots recherchés, des inflexions moites, des regards touchés par la grâce. C'est le tout grand orfèvrc dc la pipe mondaine, pépère. Le Rudolph Valentino de la brosse à reluire. Le Mozart de la flûte enchantée. Enfin, ses fleurs virgulées à la ronde comme aux Fête-Dieu de jadis, il s'est lancé dans des explications :

— Comme vous ne l'ignorez pas, Chiraco est grand amateur de donzelles et se montre très éclectique dans ses choix. Il avait, comme pourvoyeur, une espèce d'aventurier français, nommé Delapine, personnage on ne peut plus douteux, au casier judiciaire bien garni. Pendant quatre ans, ce dernier a fait la navette entre Paris et Bravissimo, convoyant chaque fois une brigade de femelles. Ces dames vont de la jouvencelle à peine initiée à la Messaline la plus débauchée. Il rabat des bonniches et des catins, des petites étudiantes en mal d'aventure et des putes de sous-préfecture. Bref, il a su devenir indispensable à Tiago Chiraco.

— Voilà l'homme idéal pour introduire quelqu'un dans la place, objectai-je.

— Certes, admit le Vieux, seulement Delapine est mort.

— Quand donc ?

— Hier.

— De quoi ?

Mon premier interlocuteur dit doucement :

— D'avoir refusé de nous aider.

Tu ne peux pas t'imaginer combien ça produit son petit effet, une déclaration de ce genre, lorsqu'elle tombe à propos dans la converse.

Le Dabe, bredouillant comme un puceau venant offrir son premier bouquet de violettes à une amie de sa mère, expliqua :

— A partir du moment où un gredin comme Delapine était au courant de la chose, et puisqu'il refusait d'y adhérer…

— Inutile de me faire un dessin, monsieur le directeur, je connais la vie.

Y a le plus vieux des énergumerdes qui a bâillé un chouïa, bien montrer qu'on le lui faisait chier la bite avec nos palabres françaises. Ils avaient perdu suffisamment de secondes commak, les artistes associés. Ils commençaient de flancher, question patience. Je devenais casse-roustons, avec mes curiosités intempestives, mes suggestions et autres impertinences.

— Il faut qu'un Français remplace ce Delapine en se faisant passer pour son associé, trancha l'empétardrome.

Demain, vous partirez pour Bravissimo avec un contingent de filles. Parmi l'une d'elles se trouvera celle qui devra agir.

Je me suis tourné vers le Vioque. Il avait un petit air gêné par-dessous sa déférence, l'apôtre.

— Oui, oui, qu'il chuchotait en trémolant, ce vieux Cirque.

San-Antonio marlou !

On n'avait encore pas vu ça.

CHAPITRE DEUX

DANS LEQUEL TU VAS VOIR

Qu'elle soit de droite ou de gauche, qu'elle se situe dans l'hémisphère Nord ou dans l'hémisphère Sud, la dictature repose toujours sur le culte de l'uniforme.

Depuis l'hôtel de la *Revolución du Salut* (nom que le dictateur a donné à sa prise de pouvoir) je contemple un défilé. C'est terriblement perlimpimpesque, tous ces militaires d'opérette, loqués dans les tons verdâtres, avec des parements jaunes, des brandebourgs bleus, des galons rouges ou dorés, des fourragères multicolores. Y a de la plume, de l'épaulette, tambour, zizique, grosse caisse, zim la boum lala, tout le circus, et les bannières qui flambergent, les oriflammes, fanions, sabre au clair, baïonnette au canon, en avant arche.

Pas cadencé ! Les armes tractées. Pas en grand nombre… Bioutifoul. La populace pas lasse devant le palace prélasse et acclame. Vive ! Vive ! Toujours, les tyrans… Vive ! C'est le cri qu'on leur lance. Vive ! Heil ! Oh oui, qu'ils vivent bien fort, bien longtemps, toujours… Qu'ils deviennent immortels dans leur gloire, ces sales cons. Que le Bon Dieu leur accorde la grâce de faire chier les peuples, de les saigner, éponger, découiller. Alors vive ! Vive !

Il fait un soleil d'Austerlitz. Les filles sont belles dans leurs cotonnades aux couleurs ardentes. Les hommes sont en bras de limouille. Ils ont tous un pébroque à la main, biscotte les trombes d'eau qui s'abattent de temps à autre sur ce bled un chouïa tropical. La flotte radine brusquement. T'as pas le temps de piger. Quelques gouttes épaisses comme de la fiente de pigeon te choient sur la frite pour commencer, et puis t'as pas le temps de compter jusqu'à dix que c'est le déluge. Ça dure dix minutes. Les rues se changent en rivières. Et le soleil revient, qui instantanément sèche tout.

Je voudrais mater un peu ce que ça donnerait une pluie aussi féroce sur le beau défilé taratatesque. Voir les fringants mirlitaires, si ça les empêcherait de défiler en ordre, avec leurs gants blancs qui se balancent. Et les hélicons pleins de flotte, t'imagines ? Alors j'adresse une prière au ciel. J'adjure saint Médard, saint Barnabé, tous les spécialistes de la pluie. Mais ici ils ne pigent que l'espago, les saints du paradis. Mon invocation reste vaine. Le défilé s'éloigne par l'Avenida de la *Revolución du Salut*. Bye bye !

Je reviens dans ma chambre. Vite fermer la fenêtre à cause de l'air climatisé qui disperse. Je bois une batida au jus de pamplemousse. Comme je viens de vider le verre, le biniou retentit. La réception m'annonce que Son Excellence Pedro Pantouflar, le chargé de presse de Tiago Chiraco, exige la permission de monter me voir. Je dis que d'accord, je suis prêt à le recevoir.

Et je vais attendre l'homme dans le couloir. Il se pointe, encadré par deux chasseurs qui ressemblent aux musiciens du défilé.

C'est un gros mec soufflé, suintant, avec d'énormes favoris frisottés, l'œil le plus concupiscent qui se puisse trouver sous une arcade sourcilière, une bouche épaisse comme deux hamburgers superposés et qui mousse aux commissures. Il porte un bath costar blanc, à rayures noires, une chemise noire, une cravate jaune au nœud large comme mon poing.

Quelques rubans de couleur ornent son revers. Ses mains sont alourdies de bagouzes et son sourire de dents également en or. Ses godasses de croco craquent comme un vieux parquet.

Il arrive sur moi, me toise vilainement, puis m'écarte d'une bourrade afin de pénétrer dans ma chambre. Il va s'asseoir dans un fauteuil, ouvre les pans de son veston, découvrant ainsi un holster de G-man garni d'un parabellum capable de remplacer au pied levé un lance-missiles enrayé.

— Pourquoi Delapine n'est-il pas venu ? me demande-t-il rudement.

Ayant dit, il crache un paquet de chewing-gum mâchouillé sur le tapis et met une jambe sur l'accoudoir du fauteuil.

Je lui décoche un sourire amical.

— Il n'est pas venu parce qu'il est mort, Excellence ; il a eu un accident de voiture il y a trois jours, sur une autoroute, près de Paris. Je suis son associé. Dans notre organisation, c'est moi qui m'occupais de recruter le… cheptel, et c'était lui qui le livrait ; pendant quelque temps, je vais devoir assurer les deux fonctions.

— Vous en avez amené combien ?

— Trois, Excellence.

— Seulement !

— La qualité prime la quantité, croyez-moi.

— Je peux les voir ?

— Si vous voulez bien me suivre…

Et je l'entraîne dans la chambre voisine.

Je ne lui ai pas bourré le caisson en l'assurant que c'était du surchoix. Tu verrais les trois mousmés recrutées par « les quatre », tu manquerais de salive pendant des mois.

Du point de vue silhouette, impossible de rêver mieux, ou alors on irait vers un bouleversement de l'espèce. Elles sont belles à hurler, voilà. L'image est galvaudée, je t'accorde, mais dans la foulée je n'en trouve pas de plus éloquentes.

Bon, attends, c'est pas le tout… D'accord, y a le fait que les trois sont blondes, une blondeur ri-gou-reu-se-ment naturelle. Et je pèse mes mots. Le fait qu'elles ont des yeux pervenche, également, pas négligeables. Des bouches hyper appétissantes. Et j'en passe. Toujours t'expliquer les belles frangines, cul et chemise, nichons, cambrure, ventre plat, la sauce… Leur cressonnière, le mignon berlingue ultra-comestible que tu te le taperais à tous tes repas. Y a tant à dire sur une sœur quand tu es aussi féministe que je le suis. Tant à préciser sur la peau, les couleurs, le parfum, le velouté, le reste, l'immense reste. Mais ce qui confère à ces trois filles un charme – ô combien – particulier, c'est le fait qu'elles sont sœurs. T'entends bien ce que je te virgule, l'artiste ? Sœurs, sisters, frangines ! Les trois. Et bouge pas : des triplées. T'as compris ? Trois nanas de la même fournée. Absolument identiques ! Un rêve digne de ceux de Casanova. La grâce, la joliesse, la lascivité, la perfection en triple exemplaire, comme des actes notariés. Trois mêmes déesses. Trois affolantes mademoiselles. Quand tu les sautes, tu te crois baiser dans un jeu de glaces. Le fin du fin, le tout suprême. La folie érotique. Emmanuelle (scolaire) battue. Ravalée au rang de concierge podagre. Trois nanas sublimissimes. Juste leurs prénoms qui diffèrent. Autrement t'as pas le moindre repère. Tu peux compter leurs poils : le nombre est le même chez les trois. Tu peux aussi comparer leurs mensurations : pas un millimètre d'écart entre ces trois grâces. Et je dis pas grâce à la va-vite. Elles s'appellent respectivement Aglaé, Thalie, Euphrosyne ; comme quoi leurs parents ont bien fait les choses. Mais comme on n'arrête pas le progrès et que ces blazes sont durailles à employer, ils se sont transformés en Glagla, Tata et Frofro ; ce qui manque un peu d'envol mais simplifie les choses.

Lorsque nous pénétrons dans leur chambre, ces trois divines sont allongées sur le tapis, à plat ventre, décrivant plus ou moins le sigle de Mercedes. Y en a une qui lit sur le Guide bleu des Vosges consacré au

San Bravo les curiosités de la capitale : vestiges de temples incas, églises baroques, musée lapidaire et autres réjouissances qui font la fortune de la maison Kodak.

Notre venue les silencieuse. Elles tournent « sa » tête vers nous et nous sourient.

Son Excellence Pedro Pantouflar demeure sans voix. On dirait la statue de Simon Bolivar, sur la place de la *Revolución du Salut*. Puis il se met à respirer de plus en plus fort, et tu te figures que la loco du Pacific-Express entre en gare. On voit flotter les poils de ses narines, cependant que ceux de ses rouflaquettes se hérissent comme le pelage d'un chat en colère.

— Qu'en pensez-vous, Excellence ? je demande d'une petite voix faussement modeste.

— Par la Madone, dit-il, car lui aussi a lu des bouquins qui se passaient en Amérique centrale, où donc avez-vous trouvé ça ?

C'est précisément la question que je me suis posée à propos des « Quatre » lorsque j'ai rencontré ce somptueux trio.

— Ah, c'est une trouvaille qui vaut son pesant de chiracos[1], éludé-je.

Et nous nous taisons. Les trois sœurs Brontë visionnent l'arrivant. Le chef de chiottes de Tiago Chiraco visionne ces demoiselles. La tension est kif une peau de tambour. T'entends voler les mouches à l'extérieur. A moins que ce zonzonnement ne soit dû au climatiseur ?

1. Nom donné à la nouvelle monnaie du San Bravo.

Maintenant, sans vouloir te faire prendre froid, va falloir que j'ouvre une parenthèse. Avant de m'envoler pour ce patelin, j'ai interviewé une fille qui eut les honneurs de Chiraco lors d'un voyage de Delapine ici. Elle m'a raconté par le menu le processus. Ainsi je savais que Pantouflar vient chaque fois accueillir les nouveaux effectifs. C'est lui qui décide dans quel ordre son seigneur et maître consommera les nouvelles venues. Et la bergère en question m'a révélé qu'il poussait la conscience professionnelle jusqu'à les essayer. Ceci, sous le sceau du secret, Tiago Chiraco n'étant pas le genre de mec à finir les restes de ses collaborateurs.

Je pousse Pantouflar du coude.

— Etourdissant, non ?

— Feu du diable ! me répond-il.

Et j'admire la formule.

Alors j'approche ma bouche de sa feuille de chou pleine de vilains poils et d'horribles veines bleuâtres.

— Mon regretté associé, Excellence, m'avait dit que vous vénérez le grand Chiraco au point d'éprouver avant lui les personnes qui lui sont proposées. C'est là une preuve de conscience professionnelle qui vous honore. Dois-je vous laisser faire la connaissance de ces merveilleuses triplées ?

Il a un geste surprenant. Il regarde son falzuche. Et bon, il y trouve la preuve que le cheval est bel et bien la plus belle conquête de l'homme.

— Eh bien… heu… grrmmm… répond Pantouflar.

— Soyez sans inquiétude, Excellence. Ces jeunes filles sont d'excellente famille et la discrétion constitue leur qualité principale tout de suite après la lubricité. Elles se garderont bien de dire au grand Chiraco jusqu'où va votre sollicitude, ne voulant point vous placer en porte à faux vis-à-vis de lui. Nous savons, elles et moi, qu'un excès de zèle, souvent, indispose celui qui en est le bénéficiaire. La nature humaine est si complexe...

Un léger bruit m'informe que la fermeture Eclair n'est point encore parvenue dans ce pays, puisque un bouton vient de sauter de la braguette du chef de cabinet, allant frapper un vase de cristal contenant des roses belote (on ne trouve pas de roses baccarat au San Bravo).

Je me baisse pour ramasser le trophée.

— Je pense qu'il ne vous serait guère loisible de repousser ma suggestion, Excellence, sinon vous ne seriez pas en posture décente pour repartir. Notre bon roi Dagobert, à nous autres Français, mettait sa culotte à l'envers, du moins sa braguette était-elle fermée.

Et je me retire.

CHAPITRE TROIS

DANS LEQUEL JE TE MÉNAGE UNE SURPRISE

Quand Pantouflar réapparaît, il ressemble à ce que serait le pont de Brooklyn qu'on aurait entièrement déboulonné. Il flageole sur ses cerceaux et son regard lui dégringole plus bas que les favoris. S'étant revêtu sans trop y croire, il s'est gouré de boutons tant en ce qui concerne le futal que le veston, et il a interverti ses chaussures, ce qui lui donne une certaine démarche chaplinesque.

— Beau travail, n'est-ce pas, Excellence ?

Il promène sa langue sur ses lèvres déshydratées et articule un truc dans le genre de « humphmeurg » qui, bien qu'intraduisible en aucune langue, résume admirablement son état d'âme et sa délabrance physique.

— Je suis certain qu'un drink vous serait agréable, Excellence. Puis-je vous proposer un peu de whisky ?

Il me fait signe que je peux et je m'empresse de lui octroyer une rasade de chef.

— Pensez-vous que le glorieux Chiraco appréciera les dons de ces jeunes filles ?

— Sûr ! exhale l'homme en s'abîmant dans un fauteuil.

— Ce sont des diablesses, déclare Pantouflar après avoir bu une gorgée de raide. Franchement, j'ai jamais connu ça.

— Venant d'un homme tel que vous, cette appréciation est flatteuse, je roucoule. Vous pouvez constater, Excellence, que la mort prématurée de mon associé ne nuit en rien au prestige de notre maison.

Il opine (mais de la tête, cette fois) et dit :

— Le président sera ravi. Je vais embarquer vos donzelles tout de suite.

— Hé, pas si vite, Excellence. Ces jeunes filles ont besoin de récupérer, car le grand amoureux que vous êtes vient de les mettre à rude épreuve. En outre, je tiens à présenter mes civilités au président que je n'ai pas encore l'heur de connaître, et j'entends, par la même occasion, discuter avec lui nos nouveaux tarifs.

L'homme aux favoris fait un geste agacé :

— C'est une question qui me regarde. C'est quoi, vos nouveaux tarifs ?

— Vous savez à quelle vitesse la vie augmente, Excellence ? Nous traversons une période inflationniste. La viande de bœuf est hors de prix, a fortiori celle de jouvencelle devient inabordable.

Il hausse ses épaules de déménageur en retraite.

— Combien ?

— Le double, Excellence.

Il ne paraît pas choqué.

— Vous savez que Delapine me versait une commission ?

— Je le sais.

— De cinquante pour cent.

J'avale ma salive, empli d'admiration devant un tel appétit assorti d'une telle impudence.

— Vous l'aurez.

— Très bien. Alors venez au palais ce soir, tout de suite après le salut aux couleurs, avec votre cheptel.

— A quelle heure a lieu le salut aux couleurs ?

Il me flétrit d'un regard fasciste.

— A sept heures, voyons.

— Nous y serons, Excellence.

Là-dessus (ou là-contre si tu aimes mieux) ma porte s'ouvre et une dame nous arrive sans s'être donné la peine de frapper.

— Escusez-moi, Antoine, v's'avez du trèpe, minaude l'arrivante, véry majestueuse dans une robe de coton vert pomme.

Je fais les présentations.

— Excellence, permettez-moi de vous présenter Mme Berthe Bérurier, qui manage les personnes que vous venez de pratiquer. Berthe, voici Son Excellence M. Pedro Pantouflar, chef de cabinet du président Chiraco.

En plein délire, v'là la Berthy qui se fend d'une révérence Grand Siècle. Et quand je dis qu'elle se fend, c'est la stricte réalité, vu que sa robe éclate au niveau du prose.

Pantouflar coule un regard indécis sur la baleine verte et demande :

— Qu'entendez-vous par « manager » ?

— Voyons, Excellence, vous devez bien comprendre que les dons naturels ne suffisent pas en amour. Il convient de les parachever grâce à une technique parfaite. Concevez-vous une équipe de football sans entraîneur ? Mme Bérurier est en quelque sorte l'entraîneuse des trois merveilleuses créatures d'à côté. C'est elle qui met en valeur leurs possibilités, elle qui sait exploiter leurs talents pour en exprimer la quintessence. La séance qu'elles vous ont accordée n'était qu'un petit canter d'entretien, un échauffement si vous voulez me permettre. Imaginez-vous la *Neuvième symphonie* de Beethoven interprétée sans chef d'orchestre ? Pour le président, Mme Bérurier sera là afin de diriger les opérations. Lorsqu'elle est au pupitre, tout change, nous accédons au supraterrestre. Car cette noble dame est une orfèvre en la matière. Elle est à l'amour ce que Louis Pasteur fut à la stéréochimie, ce que Fausto Coppi et Oscar Wilde furent à la pédale. Rien de ce qui est sexuel ne lui est étranger. Elle peut ranimer des queues inertes, réchauffer des gens frigides. Et tenez, ma chère Excellence, vous-même, qui présentement semblez épuisée par les débordements de mon beau trio, si Mme Bérurier se penchait sur votre… cas, elle le replacerait au faîte de sa gloire en deux temps et même pas trois mouvements.

Pantouflar continue de fixer la révérende Berthe avec un intérêt soutenu.

— Ah, oui ? dit-il enfin, étant l'homme des phrases concises qui ne prêtent pas le flanc aux controverses.

— Oui, affirmé-je solennellement.

L'ogresse lui virgule un sourire de sexe féminin en position équestre.

— Vous êtes une Excellente très bien constituée, assure-t-elle. On devine que l' tempérament vous manque pas. Vot'spécialité, je sens tout d'suite, c'est le coup de reins. Monsieur sabre à la cosaque, j'présage. Av'c lui, c'est le gros ramonage féroce, la tringlée galopante. Il vous charge, la gueule dans l'oreiller, j'vois d'ici. Bien arc-bouté des coudes et des genoux. Me gouré-je, mon Excellent ?

— Qu'est-ce qu'elle a dit ? demande Pantouflar qui ne comprend pas le français.

Je lui fournis une traduction linéaire. L'essentiel.

— Que vous devez être un amoureux fougueux, Excellence.

Un homme, n'importe lequel, c'est pas la peine de lui offrir une cravate par-dessus le marché : rien ne peut lui faire plus plaisir qu'un compliment de ce calibre. Le chef de gogues de Chiraco sourit franc, massif, en gold sur le devant.

— Votre grosse vaca n'est pas belle, mais elle a de la jugeote, confirme-t-il.

Satisfait, il se dresse.

— A ce soir, au palais.

Et il s'en va.

*
* *

Quand tu te déplaces en compagnie de trois sublimes triplées de ce calibre et d'une Berthe Bérurier peinte en guerre, le moins qu'on puisse dire est que tu ne passes pas inaperçu.

Au restaurant, nous faisons sensation. Je me sens gêné, car je ressemble à ce que je suis provisoirement, c'est-à-dire à un bordelier en goguette, flanqué de sa sous-maîtresse et de son cheptel.

Pas un instant, il n'a été question de la « mission » de ces demoiselles. Je suis leur convoyeur, point à la ligne. Mon job est de présenter ma squadra. Ensuite, je devrai tenter de la rapatrier. J'ignore absolument tout – ainsi en ont décidé « les quatre » – de la façon dont ces demoiselles doivent s'y prendre pour faire de Tiago Chiraco un héros national mort en pleine gloire. L'idée de m'adjoindre Berthe m'a été soufflée par son mari, le valeureux Béru. Lui ayant confié ma mission, il m'a dit : « Faut qu'tu peux voir v'nir, mec. Tu n'seras pas sur place quand ton Hitler sudamerloque f'ra ses galipettes. Pour agir efficacement, t'as b'soin d'quéqu'un qui soye su'l'tas et qui peuve interventionner à bonnet sciant. Prends Berthy av'c et fais-y jouer l'rôle de manageuse. »

Mon premier réflexe a été de refuser cette propose saugrenue. Puis, après réflexion…

On clape un assortiment de viandasses cuites à la braise, enfilées à des épées. Elles sont servies sur un lit de petits haricots rouges, presque noirs, au goût délectable. Dame Berthe en reprend quatre fois et roucoule qu'elle se sentira moins seule dans son plume, ce soir, vu qu'i' y aura concentration d'artillerie entre ses draps. L'osmose jouant, elle a pris les tics de son royal époux et emprunte sans vergogne ses facéties les meilleures.

Et voilà pour le restaurant.

Ensuite, à l'unanimité, nous avons décidé de nous rendre à la plage.

Bravissimo est, tu l'ignores peut-être, béotien, bâti au fond d'un golfe. Son port se trouve distant de la ville d'une dizaine de kilomètres, car la côte est sableuse. Imagine une plage style Copacabana ou bien La Baule. Mais ici, la couleur du sable est indicible. Presque ocre, pailleté, il scintille à l'infini. J'arrête là mon dithyrambe parce que sinon je vais prendre mon panard à te décrire le panorama en détail et rien ne te fait plus tarter que lorsque je m'écarte du sujet. Je préfère garder ma liberté de manœuvre pour mes digressions, d'autant que le descriptif est passé de mode, hein ? Zola, ça va un moment, mais t'as tes propres soporifiques.

Ici, y a presque pas de touristes. Curieux comme la dictature attire peu les kodakons. Ils ont les flubes de se faire enchrister, les gus, ne sachant si leur frite va plaire ou si leur nationalité est déconseillée dans les patelins totalitaires.

Donc, nette dominante san bravienne. Du gros populo amateur de beignets graillonneux, glapisseur, tout en grands rires blancs pleins d'insouciante ingénuité.

Les marmots vont cul nu, par contre leurs mamans portent des maillots que la Sainte Vierge pourrait mettre sans faire sourciller Monseigneur d'Ecône. La morale, c'est le fer de lance des régimes totalitaires, toujours. Quand tu assois une doctrine sur l'irréprochabilité des mœurs, t'as tout de suite le fond de sauce du public gagné à ta cause. Et les autres n'osent pas trop moufter, va-t'en donc prétendre que t'es pour qu'on voie la chatte des dames, que t'aimes l'enfilade dans les rues, qu'une belle pipe plein écran est plus marrante que la bouille à Sophia Loren, que les prostiputes agrémentent la vie, que les jeunes gens ont bien le droit d'emprunter les bagnoles des bourgeois et de faire des moulinets avec des chaînes de vélo et que les écoliers peuvent cracher à la gueule de leurs profs si ces derniers leur ont fait les gros yeux. Oui, va-t'en affirmer cela à la face rayonnante de l'ordre nouveau, et tu verras la manière qu'on t'accueillera, bouffi ! Insane !

Mes trois grâces mobilisent l'attention pis encore qu'au restau, parce que là, au moins, tu vois un maximum de leur corps. La Berthy qui n'a pas de maillot porte une jupette de tenniswoman qui découvre haut et nettement ses monstrueux jambons. Elle a déboutonné son chemisier afin de décongestionner ses roberts qu'elle propose à la gourmandise de Phébus.

Après quelques vigoureuses brasses dans la patouille, je viens m'allonger auprès de mon cheptel, histoire de me faire bronzer. L'une de mes artistes s'est pourvue d'un transistor et écoute de la musique classique.

Le bruit régulier de la mer me met en somnolence. Berthy lit à haute voix (et en pure perte, car nul ne l'écoute) une bande dessinée érotique dans laquelle il est question d'un gorille salingue qui enlève la compagne d'un explorateur et l'entraîne au cœur de la sylve pour se l'embroquer à la papa.

Je ferme les yeux. Le sable brûlant se refroidit progressivement sous mon ventre.

— Si vous voulez me permettre, dit une voix proche, vous devriez protéger votre nuque, señor. Ici, les insolations sont fréquentes et ne pardonnent pas.

Je soulève ma tronche déjà embrumée et j'avise un type, à deux mètres de moi. Assez cocasse, je dois dire. Il est très enveloppé et se tient assis en tailleur. Il s'épluche les ongles des pieds avec les ongles des mains. Il porte un short bleu, délavé, qui ne peut contenir sa bedaine, un maillot de corps à grille et il est coiffé d'une casquette de toile à longue visière. Sa face est sombre, mais son gros nez reste rouge et il porte une moustache du type guidon de course à l'extrémité de laquelle des reliefs de nourriture subsistent.

Je le remercie pour sa sollicitude. Après tout, il n'a pas tort, le Mahomed frappe énergiquement et il n'est pas bon de lui exposer trop longtemps son cigarillo.

— Puis-je vous proposer une casquette comme la mienne, *señor* ? enchaîne l'aimable compagnon.

Il fouille dans un gros sac de plage posé à son côté.

— J'en emporte toujours deux car il arrive que le vent se mette à souffler et m'arrache la mienne.

Il me tend une gapette roulée, la déplie, la secoue et me la jette adroitement.

— Merci, dis-je. Vous êtes trop aimable.

— Ce n'est rien, señor, fait l'ongulé en se dépiautant les peaux mortes de plus rechef.

Je coiffe sa casquette en priant le ciel pour qu'elle ne me donne pas l'air trop con et je modifie ma posture afin de me mettre sur le dos.

Un instant, je ferme les châsses.

Puis les rouvre. Et alors je constate qu'on a écrit quelque chose au crayon bille sur la face intérieure de la visière.

Je l'arrache afin de prendre connaissance du texte. Et je lis ceci, rédigé en français : « *Rentrez vite en France avec vos filles, commissaire, avant qu'il ne soit trop tard.* »

Mélancoliquement, je remets la gapette sur la tête géniale que tu sais.

Mon obligeant voisin continue de curer ses papattes de derrière. Autour de nous, c'est la vibrante euphorie de la plage : langueur et joie des enfants. Sable, mer, soleil. Le transistor diffuse je ne sais quoi de je ne sais qui, mais interprété à l'orgue. Des odeurs d'huile recuite et d'embrocation, d'iode et de moules attardées passent quand l'air se met à vivoter. Berthe s'est endormie, son Comic sur le groin. Elle ronfle et ses exhalaisons mirlitonnent sur le papier. De temps à autre, dans son sommeil serein, elle balance une louise suave consécutive aux mignons haricots rouges. La quiétude, te dis-je. La paix infinie, océane et organique. La grande indolence des corps qui s'abandonnent à la gloire brûlante de l'univers.

J'opère une petite reptation qui m'amène tout près de mon prêteur de casquette-à-message.

— Qui êtes-vous, amigo[1] ? lui demandé-je fort civilement, n'étant pas en uniforme.

L'interpellé se défait, par une adroite chiquenaude, d'une lune d'ongle noir qu'il a dessertie de son petit orteil.

— Mon nom est Alonzo Alonzi, *señor*, répond l'homme sans se troubler.

— Vous êtes facteur, je suppose ?

— Absolument pas, *señor*, je travaille comme plongeur à la brasserie de la *Revolución du Salut*.

— Quelqu'un vous a envoyé ici ?

— Nullement, *señor*. Aujourd'hui est mon jour de congé.

— En tout cas on vous a demandé de me remettre cette casquette de toile ?

Il sourit.

— Vous êtes malin, *señor* ; en effet, on m'a demandé de vous offrir cette casquette.

— Qui ?

— *Un extranjero, señor.*

— Quand ?

— Il y a un moment, lorsque je suis arrivé sur la plage.

— Et il ressemblait à quoi, cet *extranjero* ?

— A quelque intellectuel d'Europe, *señor*.

1. Si je te fous un mot espago, temps à autre, c'est pour créer le climat hispanisant. Naturellement, il ne correspond dans la réalité à rien de précis puisque je parle en espagnol et que je te traduis en français.

— Pourquoi intellectuel ?

— Parce qu'il avait des lunettes, la peau très pâle et une barbiche blonde.

— Vieux ?

— Qui est vieux et qui ne l'est pas, *señor* ? L'homme en question devait avoir une cinquantaine d'années environ.

— Grand, gros, petit, maigre ?

— Moyen. Très moyen. Un peu voûté peut-être. Il portait un complet de toile grise et une chemise jaune.

— Et il vous a abordé ?

— Sans cérémonie, oui, *señor*. Il m'a demandé si je voulais gagner cent chiracos sans me fatiguer. J'ai demandé en quoi cela consistait, il m'a alors déclaré qu'il y avait sur la plage trois merveilleuses sœurs blondes en compagnie d'un beau garçon et que je devais simplement m'arranger pour remettre cette casquette au beau garçon. Cela ne m'a pas paru tirer à conséquence, n'est-ce pas, *señor* ?

— Et il vous a remis cent chiracos ?

Mon interlocuteur puise dans la petite poche centrale de son short et en extrait un billet verdâtre et jaune, plié en quatre.

— Le voici, *señor*. J'espère que je ne vous ai pas causé de préjudice en vous remettant cette casquette. Je l'ai palpée avant de le faire pour m'assurer qu'elle ne contenait rien qui puisse présenter un danger. Si toutefois vous vous estimez lésé en quoi que ce soit, je suis prêt à vous accompagner au poste de police pour témoigner et à rendre cet argent trop vite gagné. Je suis un garçon honnête, *señor.* Ma sainte mère m'a toujours appris que le droit chemin conduisait au paradis.

Je le dévisage, il paraît sincère. Y a un vague côté célibataire mou chez ce type. Je l'imagine dans un minuscule logement misérable mais propret. Sa paie doit passer dans le bouffement. Il va voir un match de foot le dimanche et se taille un petit rassis, le samedi soir, manière de faire la fête. J'en connais plein, des comme lui ; en France, ailleurs, un peu partout. Les hommes ne se divisent pas selon leur nationalité, mais suivant leurs catégories humaines et sociales.

— Non, vous pouvez conserver cet argent, amigo, vous l'avez honorablement gagné.

— Merci, soupire mon voisin en rempochant l'artiche. Vous êtes également un *extranjero, señor,* n'est-ce pas ? Italien, peut-être ?

— Non, français.

Il hoche la tête.

— Ça ne fait rien, *señor,* vous êtes très sympathique tout de même.

*
* *

Vers cinq heures, nous regagnons l'hôtel pour y revêtir nos plus beaux atours. J'ai essayé d'avoir Paris au téléphone afin d'affranchir le Vieux de ce qui se passe, mais il m'a été répondu qu'il y avait quatre jours d'attente, aussi ai-je fait annuler l'incommunication.

Perplexe, je déguste une bière fraîche dans ma turne.

Voilà que ça se complique singulièrement. Quelqu'un, dans cette ville, est au courant de notre mission. Et ce quelqu'un ne veut pas qu'elle s'accomplisse. Et il me le fait savoir en deux lignes qui ne manquent pas d'un certain humour mais qui n'en contiennent pas moins une menace catégorique.

Ce type barbichu (selon le señor Alonzi), espère-t-il vraiment que je vais plier bagage en compagnie de mes donzelles ? Quelle va être sa réaction quand il s'apercevra que je n'obtempère point à son ordre ? Me casser la cabane ? Prévenir Chiraco ?

Maussade, je termine ma bière qui a un arrière-goût d'excrément par-dessous sa fraîcheur. Le froid aide à faire passer les arrière-goûts.

Mon cheptel vient m'annoncer qu'il est prêt. Et tu verrais ce spectacle, madoué ! Ces trois frangines blondes dans trois robes identiques, en soie sauvage noire, sans manche. Bas noirs ; t'as pigé le topo, croquant ? Le même collier de perles, ras du cou.

Berthe, plantureux tambour-major, a revêtu une tenue presque militaire : pantalon et veste bleus, avec des espèces d'épaulettes dorées. Quand elle passe un futal, la Gravosse ressemble à ces dames qui vendent des revues sportives, le long des routes, à l'occasion du Tour de France. Son cul éléphantesque ressemble à un tunnel obstrué. Mais chez cette femme surprenante, le fin du fin, le rarissime, le jamais vu, réside dans ses boucles d'oreilles.

Je me suis toujours demandé où elle s'approvisionnait, la Baleine. Dans quel Uniprix de banlieue maudite, chez quel mercier en délire de sous-préfecture tchadienne. Sa collection est de toute rareté. Unique au monde, je proclame. Quand elle ne sera plus, il faudra que Marie-Marie lègue ce trésor du XXe siècle à un musée du saugrenu.

Celles qu'arbore aujourd'hui ma valeureuse collaborateuse représentent deux branchettes de cerisier, comportant chacune une feuille et trois cerises brimbalantes. C'est véridique comme reproduction. D'un hyper-réalisme à tomber à genoux. Je suis sûr qu'elle va avoir maille à partir avec les piafs de la contrée, la Bérurière. Comment qu'ils vont vouloir glouper ces merveilleux fruits, les zoziaux san braviens !

Elle surprend mon regard comateux et murmure :

— Ça va, comme ça ?

— Moui ! nasillé-je.

— J'ai fait sobre, dit-elle ; pour aller chez un président, faut pas essayer d'en fout' plein les châsses ; v's'êtes bien d'accord, Antoine ? La distinguetion avant tout ! Y en aurait qui se croivent obligées de déballer leurs toilettes d'cérémonie. V'v'lez qu'je vous dise, Antoine ? Mes fesses ! J'eusse pu mettre ma robe en lamé av'c incrustaison de pierres précieuses et décolleté vertige ; ou bien mon tallieur en velours violet bordé d'hermine ; eh ben non, mon cher, j'm'ai r'tenue au dernier moment.

— Vous avez bien fait, pactisé-je en m'efforçant d'admirer très fort son uniforme de grognard.

Et, sur cette approbation, nous partons pour le palais imper-présidentiel.

San Bravo, c'est comme ça : y a une ville moderne composée d'une douzaine de gratte-ciel very américains de conception. Et puis, autour de ce centre neuf, un grouillement de masures. Si tu suis l'Avenue de la *Revolución du Salut* jusqu'au fin bout, tu escalades fatalement une colline plantée de pins parasols et c'est au faîte de ce promontoire que se dresse le palais, une vaste construction blanche, de style baroque espagnol, entourée de hautes grilles noires aux flèches dorées. L'esplanade est bourrée de militaires. Tous les dix mètres s'élève une espèce de fortin abritant une mitrailleuse pour si des fois le bon peuple san bravien se mettrait à vénérer son président un peu moins fort.

Je te passe les sentinelles armées de mitraillettes qui te regardent arriver avec des yeux plus ronds et durs que le canon de leur sulfateuse. Et je te parle simplement pour mémoire des officiers à gueule de Frankenstein constipé qui vont et viennent en fouettant leurs bottes étincelantes à coups de cravache.

Dès que je me présente, au volant de ma Buick de louage, une nuée d'uniformes nous entourent. Un juteux aussi sympa qu'un tigre enragé ouvre ma portière et se met à me glapir des trucs inaudibles tant ils sont gueulés fort.

— S'il vous plaît, mon général, dis-je à cet adjudant (de lion), je ne comprends que l'espagnol parlé ;

chez Berlitz on n'enseigne pas encore l'espagnol vociféré.

Il meugle un formidable couac et se tait, tant tellement je lui pompe l'air. Vite j'en profite pour lui décocher ma botte secrète :

— Le président Chiraco nous attend, ces dames et moi, et si, à cause de vous, nous ne sommes pas à l'heure au rendez-vous, il vous fera sûrement nettoyer les chiottes de la caserne avec une brosse à dents et une éponge à timbres ; enfin, moi je vois les choses comme ça…

La gueule d'hypervache essaie à plusieurs reprises d'avaler sa salive, y parvient à la treizième tentative et se met à gargouiller :

— Le président vous attend ?

— Parfaitement.

— Vous avez une convocation ?

— Appelez Son Excellence Pedro Pantouflar depuis le poste de garde et dites-lui que le monsieur aux trois sœurs est ici.

Avant qu'il n'ait eu le temps de réagir, un général de brimades se précipite, lui botte le cul comme pour transformer un essai, me salue militairement, à la façon san bravienne, c'est-à-dire le tranchant de la main droite perpendiculaire à l'arête du nez et la main gauche en coquille devant la braguette.

— Général Franco Dillo ! s'annonce-t-il, je vous présente respectueusement mes respects les plus respectueux, señor très illustre. Si vous voulez bien me suivre ?

Et il se met à marcher au pas de canard devant

ma bagnole, jusqu'au perron. Sur notre passage, les militaires saluent à qui mieux mieux ; ce qui est très émouvant et te fait comprendre pourquoi tant de gens s'obstinent à vouloir devenir président de la République au lieu de récolter la résine.

On nous ouvre les portes. Ça gardavouse. Le général Franco Dillo nous invite à gravir les marches après nous avoir demandé si nous préférions être portés, mais tu sais ce que c'est quand on a ses deux jambes ?

Ce qui frappe, lorsqu'on pénètre dans l'immense hall, c'est un portrait équestre du président, peint à l'huile d'olive vierge et qui occupe tout le panneau central. De part et d'autre, deux gigantesques drapeaux du San Bravo pendent, tandis que des fleurs aux couleurs nationalcs (une boule rouge sur fond vert avec la raie au milieu et du poil autour, je me permets de te le rappeler) sont déposées pieusement au pied du chef-d'œuvre.

Le général-précédeur continue d'avancer au pas de canard et ses bobottes font un boucan du diable sur les dalles d'albâtre.

Il stoppe devant une double porte moulurée remoulade. Frappe et pousse un immense cri qui peut se résumer ainsi : « Aïïïooooooo hu ! »

La porte est déverrouillée aussitôt. Un surgénéral paraît, qui nous examine attentionneusement et nous militarise de son salut impec.

Nous pénétrons alors dans une antichambre dans laquelle tu remarques automatiquement trois choses. La première est qu'en face de l'entrée se trouve une autre double porte encadrée par deux factionnaires plus rébarbatifs que tout ce que nous avons pu voir jusque z'alors ; la deuxième, qu'elle comporte un bureau ministre (ou plus exactement un bureau sinistre) sur lequel a été vissé le trépied d'une mitrailleuse pourvue de son mitrailleur ; la troisième enfin est une double rampe de cellules électriques chargées de détecter les porteurs d'armes.

Le second général décroche un téléphone, salue militairement l'appareil et dit que « ces personnes sont arrivées ». Il écoute, se courbette en deux, puis en trois, comme un mètre de charpentier et répond que « Très bien, vénéré président ».

Ensuite, il nous guide à la seconde porte.

Une vibration retentit, l'huis s'écarte.

— Dieu protège le vénéré président ! clame le surgénéral en portant sa main gauche à ses testicules et sa droite dans le prolongement de sa gueule de con.

Nous pénétrons, moi le premier, parce que la bienséance au San Bravo oblige à honorer l'homme avant la femme.

Nous y voici voilà.

De toute beauté ! Impressionnant ! Unique !

La table de travail de Tiago Chiraco mesure trois mètres de long sur un et demi de large et a été taillée dans un bloc de porphyre. Le sol, de même que les murs, sont revêtus de plaques d'or. Au-dessus du bureau, une couronne consternée de diamants subit les assauts d'une douzaine de spots.

A droite de la table : le drapeau san bravien, planté comme un sapin de Noël.

C'est véry Cannes, je te le répète ; pardon, je voulais dire véry Nice.

Chiraco, en uniforme barré du grand cordon Silvouplay, l'ordre number ouane du San Bravo, est assis dans un fauteuil plus majestueux que le trône de Shah Durand.

Aucun autre siège dans son cabinet de travail, lui seul ayant le droit de s'asseoir en sa présence.

Au moment qu'on pénètre, il est en train de se faire pédicurer par un Asiatique vénérable, accroupi sous sa table. Simultanément, son cerveau étant multiforme et ubiquite, il prend des décisions nationales en fumant un cigare gros comme le zizi à Bérurier. Un ministre lui énonce le problème et cet être d'élite, dont le génie n'est plus à célébrer, tranche dans la seconde qui suit.

— Notre équipe de football a perdu son match amical contre la Bolivie, vénéré président, annonce en flageolant le ministre.

— Fusillez le goal ! tranche Chiraco.

Il tire une bouffée de son habana et en propulse la fumaga dans les narines à Fu-man-Chu qui lui fourbit les orteils. Pas un instant il n'a réagi à notre entrée. Aussi demeurons-nous, ces dames et moi, je veux dire : moi et ces dames, en rang de tu sais quoi ? Parfaitement, d'oignons, et c'est pas la peine de pleurer pour autant.

— Il n'y a plus de vivres dans la province du Brazéro, vénéré président.

— Qu'on mange les vieillards !

— Une épidémie de choléra ravage la ville de Santanfer.

— Tirez à vue sur ceux qui voudraient en sortir !

— Le directeur de l'Opéra réclame des crédits.

— Changez de directeur !

— Les paysans du Tavumonku ne peuvent payer les nouveaux impôts.

— Confisquez leurs terres.

— Les dockers du port de Ladanlbaba sont en chômage.

— Je vous ai déjà dit qu'on les fusille !

— La troupe refuse, vénéré président.

— Fusillez la troupe ! Est-ce tout pour aujourd'hui ?

— C'est tout, vénéré président, protecteur du peuple. Ah, encore une chose : Monseigneur Saserdos demande à quelle heure il doit célébrer le grand office à la cathédrale, demain, à l'occasion de la San Guinetti ?

— Quand il voudra, demain je me ferai représenter par ma statue d'apparat, celle avec l'uniforme de grand langoustier.

Tout à coup, le vénéré président tressaille. Il porte sa main droite à plat contre son oreille, comme un qui souffre d'une otite.

— Attends, fesse de rat visqueux ! crie-t-il à son ministre qui se retirait après s'être prosterné à trois reprises. Réflexion faite, j'irai à l'office. Messe à onze heures. Tout le monde en grande tenue ! Les absents seront passés par les armes !

— Qu'il en soit fait selon vos désirs, vénéré président, père des arts, protecteur de la Sainte Eglise, messager de Dieu, providence de l'Etat.

Le ministre exit.

Tiago Chiraco se penche sur son pédicure chinois à frime d'Asiatique.

— Terminé, Tu Tan Fou ?

— Oui, président.

Tiago lui balance un coup de saton dans la gueule et le Chinetoque se retire en rampant. Le bon président daigne enfin s'apercevoir de notre venue dans son antre.

Il nous toise longuement, puis un sourire aussi engageant qu'une poubelle en période de grève des éboueurs assombrit sa face de carêmiste.

— Quelqu'un parle espagnol ? demande-t-il en espingo.

Quelque chose me dit de ne pas moufter. On se contente de lui adresser quelques courbettes chargées d'incompréhension.

Il reprend, en anglais :

— Quelqu'un parle anglais ?

— Je, président ! réponds-je avec une humilité qui ferait passer celle d'un mendiant lépreux pour de l'arrogance.

— Approchez !

J'obéis.

Vu de près, il est encore plus sinistre, Tiago Chiraco. Y a du reptile chélonien dans son visage. Sa tête est un peu celle d'une tortue de mer.

— Pantouflar m'a dit que Delapine est mort ?

— Un fâcheux accident de la route, président.

Mais je suis son associé et je continuerai de vous satisfaire dans la mesure de mes possibilités.

Il désigne les quatre dames au garde-à-vous.

— C'est là ce que vous m'amenez ?

— Des personnes très exceptionnelles, président, comme vous pouvez en juger. Des triplées ravissantes et expertes que leur entraîneuse ici présente conduit aux plus hautes prouesses amoureuses.

— Eh bien, nous allons voir.

Il presse un timbre. Le surgénéral de l'antichambre paraît.

— Ouvrez-moi cette porte ! lance Chiraco en désignant le fond du salon.

Quoi, une porte ? L'on ne distingue rien. Mais le surgénéral salue militairement et va actionner un bouton de commande. Effectivement, un panneau coulisse, démasquant une petite pièce sans fenêtres composée d'un immense lit circulaire, plus justement d'un sofa bas et rond, de cinq mètres de diamètre au moins. Des coussins à profusion. Un éclairage tamisé.

Chiraco qui est nu-pieds se dirige vers ce boudoir et se laisse tomber sur une pile de coussins.

Il nous fait signe de le rejoindre, ce con.

Ce qu'on.

— Eh bien, j'attends, dit-il.

CHAPITRE QUATRE

DANS LEQUEL JE TE MÉNAGE UNE AUTRE SURPRISE

Bon, il attend.

Chose curieuse, mes trois grâces qui sont vachetement dessalées dans la vie courante paraissent intimidées par la personnalité du despote.

Il est là, Tiago Chiraco, vautré sur ses coussins, les bras sous la tête, ses lunettes à énorme monture d'écaille relevées sur le front, l'œil plein de cloaque et de louches projets, de vilaines parenthèses séquestrant sa bouche mince ; il est là, curieux et dangereux, attentif et mal abandonné, d'un abandon qui n'est que le siège de sa défensive. On sent qu'il mijote des perfidies et qu'elles le divertiront.

— Eh bien, mesdemoiselles ? houspille dame Bérurier, laquelle prend au très sérieux son rôle passionnant de duègne bordelière, eh bien ; occupons-nous de c't'adorable monsieur. Tel qu'il est, sans même lui palper le kangourou, je peux vous assurer qu'il est nanti, question biroute, ce polisson. Ecoutez, mes choutes, j'vous prends le parille qu'il s'en trimbale une de vingt centimètres passés. Pas une énorme, j'm'aventure pas, mais du beau nerfe de bœuf, légèr'ment t'arqué.

Brusquement, Chiraco qui restait immobile, dans la posture du potentat qu'on s'apprête à potenter, a une sorte de soubresaut, identique à celui de tout à l'heure, quand il parlait messe avec son ministre.

— *You, go out!* me lance-t-il durement en me montrant la porte.

Je conçois que ma présence le désoblige. C'est pas tout le monde qui aime se faire structurer le bigoudoff sur la scène du Casino de Paris.

Je me retire donc dans son bureau, l'abandonnant aux mains expertes de ces vaillantes petites Françaises. La porte recoulisse.

Drôle de type. Il y a quelque chose d'étrange dans son comportement, en dehors bien sûr de sa prestation politique. C'est un tyran à sursauts. Il paraît décidé, tranchant. Puis il traverse une courte période de réserve relative qui s'achève par une secousse, à croire qu'un courant électrique fulgure tout à coup dans son corps et de ces pulsions découlent des décisions brutales.

Surpris par ma brusque solitude, je demeure un moment sans réaction. Cette immense pièce saugrenue est étouffante parce qu'elle ne comporte pas de fenêtres. On la devine fortin de luxe. Inexpugnable, à l'abri des secousses révolutionnaires.

Je me dirige vers la table druidique où s'empilent des dossiers frappés aux armes de San Bravo. Moi, tu me connais comme si je t'avais fait ? La proverbiale curiosité de l'Antonio en chasse, il est superflu de te le rappeler. D'une allure coulée comme une blennorragie chronique, je m'approche de la pile de dossiers. Je soulève la couvrante du premier. A l'intérieur, je trouve une traduction espagnole d'*Astérix chez les Bretons*. Je passe au document suivant, il s'agit de l'annuaire des téléphones de Bravissimo et sa banlieue. Le troisième est le catalogue de *Manubravo*. Je voudrais vérifier les autres, mais un personnage surgit brusquement dans la pièce, venu de je ne sais où. Toutes les issues sont closes et pourtant il est là, diabolique, de noir vêtu, très pâle, le nez pincé.

Un être jeune et chétif, très mince, avec des bras trop longs à l'extrémité desquels s'agitent des espèces d'araignées blafardes qui sont ses mains.

Il porte un costume noir, très ajusté, une chemise blanche, une cravate noire. Sa chevelure huileuse est pis que noire : bleue à force. Son regard est empoisonné mais voilé d'une étrange langueur. Il a de très grosses lèvres sans couleur, presque grises, dont la vue écœure. Il les tient entrouvertes, ce qui permet d'apercevoir ses grandes dents en mauvais état, tachetées de jaune. Seule note incongrue dans sa mise funèbre : il porte à la boutonnière un bouton de rose rouge dont on s'aperçoit très vite qu'il est artificiel.

— Que cherchez-vous ? me demande-t-il en anglais.

Sa voix a des inflexions gluantes.

— De quoi lire, réponds-je ; le président m'a prié de l'attendre ici et comme je suppose que je vais devoir patienter longtemps…

— Ce bureau n'est pas une salle d'attente, répond le petit homme noir.

— Je m'en doute, mais l'on ne m'a pas proposé d'autre endroit.

— Vous êtes l'associé de Delapine ?

— Comment le savez-vous ?

— Je suis le secrétaire particulier du président.

— Très bien, ravi de vous connaître…

Un temps. Il ne bronche pas. Je continue :

— Oui, je suis l'associé de Delapine.

— Delapine ne nous a jamais parlé de vous.

— Delapine n'était pas bavard, ce qui est préférable lorsque nous exerçons des occupations comme les nôtres.

Il continue de me dévisager crûment, sans insolence délibérée, mais en homme qui ne cherche pas à séduire et qui se fout de ce que les autres pensent de lui…

— Vous connaissiez Delapine depuis longtemps ? demande-t-il.

— Des années.

— D'où lui venait cette affreuse cicatrice qu'il avait sous le menton ?

Et c'est là que ton Antonio se montre divin, mon chéri. En pas une moitié de seconde, il se tient le raisonnement ci-joint : pourquoi ce garçon te pose-t-il une question pareille ? Que pouvait lui importer que Delapine eût ou non une cicatrice ?

Je m'entends, ou plutôt j'entends mon moi-second répondre avec calme :

— Vous devez faire erreur de personne, Delapine n'avait pas de cicatrice sous le menton.

Il me semble déceler comme une légère détente dans le regard intense du petit homme.

— Venez attendre dans l'antichambre, me dit-il, on vous offrira des boissons et des revues.

Ouf : gagné. Si je n'avais pas eu le nez creux et des réflexes abasourdissants, ce blanc-bec me piégeait comme un garenne.

Il appuie sur la commande d'ouverture de la porte et m'escorte dans l'antichambre aux sentinelles et bureau-mitrailleur. Le surgénéral de service se fout au garde-à-vous en nous apercevant.

— Veillez à ce que le *señor* ne manque de rien ! ordonne le secrétaire très particulier.

Et il se retire dans le bureau présidentiel sans autre forme de congé.

— Quel est le nom de cet exquis jeune homme ? je demande au général, en anglais d'abord, mais il ne le parle pas, et en espagnol écorché ensuite pour lui faire croire que je le balbutie seulement, fidèle en cela à ma tactique.

L'officier supérieurement supérieur baisse le ton pour me répondre avec quelque effroi sur le visage, comme une vieille bigoudaine évoquant Satan :

— C'est Paolo Macabro, le secrétaire privé du vénéré président.

M'est avis qu'il ne doit pas l'être, vénéré, le Macabro. En tout cas il porte bien son nom[1], car il est macabre en effet.

On me sert une tequila parfumée à la racine de

1. Comme tous les personnages de mes polars d'ailleurs.

domino. J'ai droit à un fauteuil amené tout spécialement. On me propose une revue satirique étatsunienne que ça représente le président du Conseil israélien en train de pisser contre la carte d'Egypte, avec comme légende :

« Dommage que j'aie la prostate ».

Je m'apprête à lui prendre sa connaissance, la revue, quand la lourde du bureau s'ouvre et le président surgit. Il a les crins ébouriffés, la peau colorée et les lunettes chavirées.

— Vous ! me crie-t-il en pointant son index favori dans ma direction.

Je me redresse comme un seul homme.

— Monsieur le président ?

— Arrivez un peu ici !

J'obéis, vaguement inquiet par l'excitation du tyran. Un mec comme lui, détenant le pouvoir discrétionnaire, t'aimes pas qu'il fulmine. Tout peut se produire, surtout le pire.

Lorsque je me retrouve dans son burlingue, il éclate :

— Rembarquez-moi ces trois salopes, dare-dare[1], compris ?

— Grand Dieu, écrié-je, voulez-vous dire, révéré et extrêmement vénérable président, que ces merveilleuses créatures ne vous donnent pas satisfaction ?

— Elles me flanquent le tournis à se ressembler pareillement. Je n'ai pas envie de faire l'amour avec des phénomènes de foire. Je suis un être équilibré,

1. En espagnol, dare-dare s'écrit dard-dard.

moi, monsieur. Une âme saine dans un corps sage, telle est ma devise, vous devriez le savoir !

— Mais, président…

— Suffit, je déteste vos poufiasses et leurs misérables manigances soi-disant lubriques. Elles sont un défi à l'amour : une insulte, monsieur. Si elles étaient san braviennes, je les ferais vitrioler et enfiler par des ânes ; elles ont de la chance d'être étrangères.

L'espace d'un machin au chocolat, je me dis que notre mission a capoté dans l'œuf. Les quatre se sont mis le doigt dans l'œil à s'en racler le fond du calbute. Ils espéraient affoler le cher Chiraco avec ce cheptel peu banal, et, conclusion, ils n'ont réussi qu'à le mettre en pétard. Après tout, je n'y suis pour rien. J'ai fait ce qu'on m'a demandé, point à la ligne. Ne me reste plus qu'à replier mes cannes à pêche et à retourner chez maman.

Je regarde vitupérer le dictateur. La porte donnant sur l'alcôve est demeurée ouverte et j'aperçois mes chères franciscaines en train de se relinger en arborant des mines boudeuses.

Un nouveau venu fait son apparition, probablement mandé par Tiago Chiraco. C'est le gros Pantouflar, épanoui, les favoris plus frisottés qu'à l'ordinaire, un sourire d'une merveilleuse veulerie au coin des hamburgers.

Il s'incline très bas devant le maître.

Il a aperçu les gonzesses à loilpé et, pensant que son président a chopé le panard du siècle, il attend de lui quelque nouvelle décoration, voire des privilèges convoités.

— Pantouflar, attaque Chiraco d'un ton effroyablement radouci, tu as vu ces femmes, ce matin, n'est-ce pas ?

— En effet, fabuleux président, et j'ai tout de suite compris qu'elles combleraient Votre Honneur.

Tiago sourit, un peu comme sourirait un serpent à sornette.

Puis il hurle :

— Triple con, gandousier, pot à merde, rat crevé, purulence, visquosité, négation, diarrhée noire, foutre vert, pissat de crapaud, vieux tampax, vérolerie à jambes, cerveau creux, mange-pus, communiste, trou du cul de singe, opposant, fumier de lama, chierie, pâté de charogne, gauchiste, huile rance, socialiste, mendiant, incurable, chaude-pisse, étranger, dégueulis, radical de gauche, pet, égout, dégoût, hibou, caillou, chou, genou, pou, décomposition, suppositoire, libertaire, croix-rougien, chiffe-molle, eau croupie, crasse humaine, gueule de raie, raté, lait tourné, godasse, mur de chiotte, vipère, centriste, enculé à sec, crachat, forban, erreur, ouvrier, juif, goret, marxiste, ordure, crème de bite, cadavre, caca russe, tapette, couille flétrie, cloaque !! !!![1]

Il se tait, à bout de souffle, de colère et d'épithètes. Puis, l'énergie lui revenant, il ordonne :

— A genoux, chien maudit !

1. Je t'ai groupé les points d'exclamation à la fin, afin de ne pas cloisonner les invectives de Chiraco, qu'elles soient bien coulantes.

Pantouflar, éperdu d'éberluance, s'agenouille. Alors Chiraco se met à lui savater la gueule jusqu'à ce que cette dernière soit en sang. Après quoi il se débraguette, sort sa zézette et compisse la face tuméfiée du chef de cabinet.

Et, une fois de plus, il lui vient un sursaut. Puis son être se détend instantanément. Il sourit.

— Pantouflar, dit-il, va chercher une serpillière et nettoie le parquet !

Quand son infortuné collaborateur est sorti, il me prend à témoin.

— Ah ! ma tâche est difficile, mon pauvre ami, me dit Tiago Chiraco. Le drame, dans mon métier, c'est qu'on n'est pas secondé. Bon, emmenez vos putains ; quand je serai fatigué de l'autre, je vous le ferai savoir et vous reviendrez la chercher.

— L'autre ? bredouillé-je sans comprendre.

— Mais oui : la grosse ! Elle, je la garde, c'est une vraie femelle, une amoureuse hors paire[1]. Elle porte aux sens et ses initiatives personnelles m'enchantent. Je suis certain de connaître avec cette femme d'élite des moments de grande qualité. Pantouflar vous fera verser votre dû, je ne le contesterai pas, eu égard aux prestations de la grosse, mais de grâce, épargnez-moi à l'avenir vos initiatives saugrenues. J'ai besoin de vraie femme, moi, mon cher. Ma mission est terrible ; sans moments de détente corporelle, je ne pourrais la mener à bien, car elles sont lourdes dans la main,

1. De quoi, je me te demande.

les rênes du pouvoir. Dieu m'a confié une mission, je dois la remplir.

Depuis l'alcôve enchanteresse, Berthe, en slip saumon et soutien loloche de dentelle, m'adresse un petit signe mutin de la main, façon Oliver Hardy en goguette.

Décidément, nous vivons dans un monde plein d'embûches, de contradictions et de dérision.

— Amen !

CHAPITRE CINQ

DANS LEQUEL J'ESSAIE DE ME REORGANISER[1].

Glagla, Tata et Frofro ne mouftent pas.

Je conduis en ruminant mes déconvenues. L'une des trois est à mon côté, à l'avant de la chignole, j'ignore laquelle. Déjà quand t'essaies de débroussailler des jumeaux, souvent tu y perds ton latin, plus ton argot, alors des triplées pareillement pareilles, à la tienne, Ducon ! Faudrait, comme pour le Port-Salut, écrire leur nom dessus.

La circulation est très fluide à Bravissimo. Y a les guindes ricaines, étincelantes de chrome des nantis piliers du régime. Et puis les vélos et vélomoteurs de la plèbe. Aussi piloté-je négligemment, un coude à la portière, le regard vague, inattentif à ce qui m'environne.

L'avenue (en espanche : *avenida*) de la *Revolución du Salut* est plantée d'une double rangée de palmiers aux troncs éléphantesques. Sur les trottoirs, c'est

1. Mais c'est pas facile.

plein de marchands aux éventaires bigarrés qui vendent n'importe quoi, mais pas cher.

Le crépuscule se prépare dans une grande apothéose violine. Dans ces pays, il te choit sur la frime en moins de pas longtemps et c'est assez désorientant de passer presque instantanément de la lumière éclatante à la pénombre, c'est pourquoi les loupiotes s'allument avant que le soleil ne mette les adjas, dans le centre de la capitale.

— On retourne à l'hôtel ? questionne mornement ma voisine.

Je hausse les épaules.

— A moins que vous ne préfériez une balade le long de la mer.

Les trois garces (ou grâces, au choix) égosillent qu'oui, qu'oui. Elles n'ont pas envie d'aller se claquemurer dans ce pseudo-palace, gai comme une maison de retraite pour cadres usagés.

Bon, alors, arrivé à la Place de la *Revolución du Salut*, je vire à droite pour aller bicher le littoral et c'est bientôt une route spacieuse, à quinze voies, plantées de lampadaires géants. Elle est parfaite, cette autostrada, sauf qu'elle a le défaut d'être plus large que longue. Que tout de suite, avant que tu aies eu le loisir de passer en quatrième, un vilain chemin caillouteux lui succède, merde, avec des nids-depoule anti-essieux et des chiens errants, voire des volailles étiques et pathétiques en vadrouille de famine.

Je ralentis. On tangue. Mais l'air sent bon l'eucalyptus et le safran. Et puis, très vite, on voit la mer, et alors chapeau ! Celle-là, t'auras beau dire, beau faire, polluer et toutim, tu ne l'empêcheras pas d'être enchanteresse le long des golfes clairs. Le Mahomed qui se torchonne à l'horizon la déguise en brûlot.

Je m'arrête au sommet d'une éminence grise pour admirer cette pourpre cardinalice. Y a des visions, comme ça, qui, au détour d'un panorama, te font oublier les merderies existentialistes.

Mes trois mousmés décalèchent pour mieux admirer, se goinfrer les narines tellement que ça pue bon dans cette paradiserie.

Je les rejoins et nous voici alignés, les quatre, face à l'océan, emplis d'humilité devant ce grandiose spectacle. Je me dis que Tiago Chiraco est une sous-merde de goret fiévreux en comparaison de ça. Et qu'il aura beau faire flinguer à tout-va ses compatriotes, se laisser statufier, peindre, dorer à la feuille, encenser, sucer, vénérer, grandiloquer, oui, il aura beau tout, ce nœud, il crèvera et ne subsistera de sa gloire qu'une méchante exhalaison, alors que le soleil et la mer continueront de rupiner, les vaches, dans l'infini cosmique.

— Dites, les grands-mères, je murmure soudain, nous voici dans une béchamel qui a pris un vilain goût de brûlé, non ?

Elles branlent leurs mignons chefs, ces veinards, que j'aimerais me trouver à leur place.

Un silence, et puis le soleil bascule dans la mer et le jour nous meurt en pleine poire. Et il y a comme un grand frémissement de l'univers, un souffle frais qui passe sans bruit tel un adieu. Et c'est émouvant comme un adieu muet; un adieu du regard qui meurt et qui dit tout avant de s'engloutir, tout ce qu'il avait jamais dit de son vivant de regard vivant, toute la misère d'avoir été et celle encore plus désespérante de ne plus être à tout jamais, et de quitter ce qu'on a juste eu le temps de mal aimer.

Tout ça.

Et moi, comme chaque fois, quand une émotion me titille le cœur et les couilles, ces inséparables, j'ai une pensée pour ce que je trouve valoir en ce monde : Félicie, la tour Eiffel, Marie-Marie, et des langueurs d'ivrogne dans des bistrots silencieux.

Et puis aussi des escargots à la parisienne grésillant dans leur farce; et des braves putes de par chez nous, habiles suceuses, gentilles comme des mamans.

On est peu de chose. Et l'on ne fait que passer, passer et trépasser.

— Ecoutez, les filles…

Le grand moment est arrivé. Faut se reconvertir, jouer brèmes sur table, savoir ce qu'on va goupiller doré de l'avant, comme dit Béru. La manière de compenser ce coup du sort. Voir s'il y aurait pas un autre moyen de moyenner.

— Ecoutez, les filles, la carburation s'est mal faite, on doit donc changer de batteries.

Elles me regardent dans le clair-obscur et leurs trois visages hallucinamment pareils demeurent impénétrables.

— Jusqu'à présent, mes belles, je me suis montré d'une discrétion exemplaire, me contentant d'exécuter mon boulot et vous laissant faire le vôtre; seulement y a comme un défaut qui nécessite des retouches urgentes, n'est-ce pas? Or, pour que je puisse corriger la trajectoire de la fusée, il est indispensable que je sache de quelle manière vous deviez vous y prendre.

Re-silence.

Elles paraissent étonnées, ces jolies bestioles.

— Allons, mes chéries, ne nous faisons point de laides cachotteries, ce serait une perte de temps. Votre Antonio est un grand frère pour vous, qui peut tout entendre.

L'une d'elles demande :

— Nous y prendre pour faire quoi? L'amour à votre grand connard?

Et moi, Santonio, futé en diantre diable, brusquement, de me dire la chose suivante :

« Après tout, elles sont sœurs mais pas fatalement complices. Et s'il n'y en avait qu'une parmi les trois qui eût été chargée de la vilaine besogne? »

— Très bien, je remonte en tuture, chacune d'entre vous m'y rejoindra à tour de rôle.

— Mais pourquoi? s'étonnent-elles en chœur.

— Exécution! dis-je en m'engouffrant.

Et les trois petites tchékhovkiennes obéissent sans paraître piger ma décision. L'une après l'autre, elles montent à bord de ma tire.

Chacune a le même mot :

— Alors?

Bibi répond par la même phrase.

— C'est toi qui devais faire le travail, poupée?

Je sais bien que, depuis Lemmy Caution, on ne dit plus poupée à une frangine. C'est d'un démodé qui ferait chialer la grand-mère d'Alice Sapricht ; mais je suis un gusman plein de réminiscences.

Les trois frangines ont la même intonation, un mélange de curiosité impatientée et de rebufferie pour exclamer :

— Mais quel travail, bordel de merde ! Avec les trois, alternativement j'essaie d'insister :

— Tu as tort de me chambrer, môme.

— Je ne vous chambre pas, qu'est-ce qui vous arrive ? Où voulez-vous en venir ?

— Oh, très bien, n'insistons pas.

Ma tournée d'interro éclair achevée, je me retrouve derrière le volant de la brouette, gros con comme devon. Y a un os, je le vois bien. Ces frangines m'emmènent en barlu. Elles ont reçu l'ordre de ne rien dire, quoi qu'il arrive. Alors, elles resteront bouche cousue. Et pendant ce temps, la grosse Berthe s'active à régaler Tiago aux frais de la République Française Une et Indivisible. Franchement, je me trouve dans une posture des plus sottes.

Je redescends auprès de mon cheptel. Je suis furax. J'aimerais leur claquer la frime, aux grâces dédaignées. Méchamment, je leur dis :

— Vous le constatez, la beauté est une chose relative puisque Chiraco vous a préféré une grosse dondon. A quoi vous servent vos charmes, mes nymphettes, quand l'un des grands de ce Tiers Monde aime mieux ceux d'une ogresse ograisseuse ?

Piquées au tu sais quoi ? Vif ! Elles haussent les

épaules d'un air pincé. Celle qui ressemble le plus aux deux autres murmure :

— Au départ, il avait pourtant l'air entreprenant, ce dégueulasse. Il commençait à me sucer les seins comme un veau tète sa mère.

— A moi, il me faisait le coup de la pince homard, dit celle qui est toute pareille à la précédente.

— Quant à moi, sur sa demande, je lui magouillais le turlu, révèle la troisième qu'on pourrait confondre avec ses frangines.

La première reprend :

— Ce type est fou. Il m'a tout à coup mordue comme une brute et puis m'a craché sur la poitrine.

— Et moi, il m'a écorchée avec ses ongles, renchérit la seconde.

— Moi, il m'a flanqué un coup de genou dans la mâchoire ! se lamente la troisième. Ça l'a pris brusquement. Aussitôt après, il s'est relevé en criant que nous étions des suppôts de l'enfer et que nous devions nous rhabiller en vitesse pour foutre le camp !

Maintenant la nuit est tombée comme des valeurs françaises à la Bourse de Paris en période pré-électorale. On ne voit que les lumières de Bravissimo, sur la droite. Un brin de lune essaie de percer les nuages pour mirer son minois dans l'océan, mais un orage se prépare, qui va nous plonger sur les endosses avant longtemps.

Curieux personnage, ce Chiraco. Je parviens mal à comprendre d'où lui viennent ces brusques changements de cap. A la seconde, il repousse l'instant en cours pour le condamner et s'orienter vers autre chose d'absolument différent.

— Bon, allez, on décarre, mesdemoiselles, car il va tomber des hallebardes : ce pays est une cabine de douches.

Nous remontons dans la guinde et je serais infoutu de te préciser si cette fois-ci, la grognace qui se tient près de moi est la même que précédemment.

Ainsi que je viens de le pronostiquer, la flotte se met à tomber. Diluvienne, ça, n'ayons pas peur du mot. Si drue, si intense, qu'il est inutile de vouloir conduire sous ces trombes. On remonte toutes les vitres et on attend que ça se passe. En moins de deux – pas même : en moins de un – les vitres sont couvertes de buée. On a l'impression de se trouver dans une cloche de plongée et de reposer à des profondeurs vertigineuses. Mes petites camarades gloussent d'effroi, comme quoi c'est la fin du monde. La carrosserie de l'auto est un tambour où bat une charge effrénée. Le ruissellement de l'eau est si violent que le véhicule remue, par instants, sous des poussées féroces. Cela dure quelques minutes, et puis, vlouttt, tout s'arrête presque instantanément. Et le calme revient. On n'entend plus que l'écoulement de la tisane sur le chemin. J'actionne le contacteur, en redoutant que l'allumage ne soit noyé, mais non, ces tires américaines font peut-être quincaille, il n'empêche qu'elles sont robustes. Je démarre. Que se passe-t-il, maman ? Voilà que mes roues ont de la peine à tourner et qu'elles produisent en le faisant un infernal bruit de casseroles vides attachées à un pare-chocs.

— Qu'y a-t-il ? demandent les souris.

— Je crains bien d'avoir un pneu crevé.

Je descends regarder. Il était optimiste, l'Antonio : ça n'est pas un, mais deux pneus qui sont nases. Ceux de l'arrière. Comme je ne dispose vraisemblablement que d'une roue de rechange, il va nous falloir rentrer à pincebroque.

J'annonce la bonne nouvelle à mes donzelles, en précisant que nous ne sommes pas éloignés de la ville et que ce sera l'affaire d'une demi-heure de footinge.

Elles renaudent comme des perdues, ces flemmardes.

On vit des temps où l'homme refuse d'utiliser ses jambes. Il veut bien faire du ski, du tennis, du golf, mais marcher pour tout simplement avancer, user de ses guibolles comme d'un mode de locomotion, ça le terrifie. Il a pas conscience de l'à quel point tu te retrouves vite ailleurs en plaçant un pied devant l'autre.

Faisant contre mauvaise fortune ce que tu sais, elles adoptent une formation de girl-scouts. Et c'est juste au moment d'emmener ma patrouille que je réalise la situasse. Nous ne sommes pas seuls. Dans l'ombre, assis sur des rochers mouillés, se tiennent trois gaziers, un flingot entre les jambes. Ils sont torse nu, simplement vêtus de shorts détrempés, et leur peau basanée se confond avec les ténèbres.

Me faut un bout de moment avant de pouvoir distinguer leurs vitrines. Je mentirais en les prétendant patibulaires. Il y a même quelque chose de rigolard sur leurs bouilles.

— Hello, *señor* et *señoritas* ! lance l'un des trois lascars.

— Ça consiste en quoi ? lui demandé-je.

Mes nénettes se sont blotties contre moi, trouillardes que tu peux pas imaginer comme. J'ai toutes les peines du monde à respirer.

— Nous sommes de pauvres partisans, m'assure mon interlocuteur.

— Partisans de qui, partisans de quoi ?

— D'autre chose, *señor.* Nous combattons le tyran qui mène le San Bravo à la ruine.

— Vous avoueré-je, messieurs, que nous sommes des étrangers peu concernés par la politique de ce pays ?

— Vous êtes fatalement concernés puisque vous en foulez le sol, vous et ces jolies dames, señor.

— Ne serait-ce pas vous qui, profitant de l'orage, avez crevé les pneus de ma voiture ?

— C'est bien nous, señor. Et nous crèverons tout aussi bien vos peaux si vous refusez de nous suivre.

C'est dit gentiment, mais fermement, et tu piges très vite qu'il faut pas confondre cet avertissement avec la dernière de Marius et Olive[1] vu que ça nous entraînerait tout droit aux conséquences.

1. A propos de « Marius et Olive », pourquoi les histoires belges ont-elles détrôné les histoires marseillaises ? Et pendant que je suis sur ce chapitre, laisse-moi te préciser une chose. On appelle « histoires belges » des histoires flamandes. Les Belges wallons,

— Vous suivre où ? questionné-je, avec un sourire tout pareil au sien, au point qu'ils pourraient, l'un et l'autre, le phénomène d'osmose jouant, passer pour jumeaux.

— Pas très loin, *señor.*

— Et pour quoi faire ?

— Du bien, assure le guérillero qui a un certain sens de l'humour. Mais rassurez-vous, nous n'allons pas loin.

Nous nous mettons à caravaner en compagnie de ces messieurs. Chose curieuse, je me sens presque en confiance ; ce sont des hommes qui imposent leur façon de voir, et qui ne te font pas de mal pour peu que tu ne la contrecarres point. Très sympas, vraiment.

Chemin (muletier) faisant, je demande au parleur (qui doit être le chef du moment qu'il parle), ce qu'ils attendent de l'avenir, lui et ses péones.

— La liberté, *señor*, répond-il. Certes, il y a des menées communistes, très larvées, mais nous avons un autre idéal. Le San Bravo était un paradis avant la venue de Chiraco. J'aspire à ce qu'il le redevienne. On nous a surnommés « les combattants de la pluie » parce que notre tactique consiste à frapper pendant les orages qui stoppent tout. Vous en avez eu la démonstration.

— Excellente technique, mon bon ami, ne puis-je

eux, ne sont heureusement pas plus cons que toi, et même, tu vois, je me demande… C'est un auteur épris de justice qui dépose au bas de cette page ce rectificatif.

m'empêcher de convenir, en homme d'action sachant apprécier les hauts faits des autres hommes d'action.

Nous marchons pendant une solide demi-heure d'au moins trente minutes le long d'une sente caillouteuse. Ce point du San Bravo est d'origine volcanique et les roches y sont d'un gris d'éléphant. Les pieds chaussés de cuir glissent dessus comme sur des peaux de banane, ce qui freine considérablement notre déplacement. Un grondement lointain retentit, qui fait songer au tonnerre. Au fur et à mesure que nous avançons, il s'amplifie, se précise, devient fracas. Nous finissons par déboucher sur la rive tourmentée d'un torrent épais, aux eaux brunes, qui cascade à tout-va, s'engouffre dans des abîmes rocheux pour en rejaillir en furie et se précipiter vers de sombres étranglements dans lesquels il mugit. C'est beau, saisissant. Le bruit surtout te cisaille les nerfs. Rien de plus efficace que le bruit. Rien de plus réduisant pour l'homme. Fous-lui une monstre chiée de décibels dans les portugaises et il est à merci, l'homme. Tout égrotant, flagadant des membres. Pourquoi les Germains avaient-ils équipé leurs Stukas de sirènes infernales pour piquer sur nos colonnes, tu crois, hein, l'abbé ? Parce qu'ils avaient pigé l'effet dislocateur du bruit.

En parvenant en bordure de ce coursier d'eau bourbeuse, les trois sœurs Frangipane se plaquent les paluches sur les manettes, tant tellement que ça leur chtirbe les tympans, cet infernement. Elles poussent des mimiques affreuses de constipées irrécupérables. Alors le chef du détachement nous guide vers une chute d'eau comme s'il nous engageait à prendre une douche à quinze kilos de pression. On croit qu'il va se filer la pipe sous la flotte, mais non, il contourne la chute et s'insinue entre l'eau et la paroi rocheuse. Ses guérilleros nous obligent à le suivre. On. Nous sommes copieusement aspergés au passage par les éclaboussances impétueuses. C'est le Niagara en plus petit, les cataractes du Zambèse (Zambèse et des moins belles !). Et puis on se trouve devant une ouverture rectangulaire. Nous pénétrons à l'intérieur d'une grotte que je te dis que ça. Deux cents mètres carrés environ. Tout ce qu'il faut pour séjourner dans des conditions valables : réfrigérateur à piles, canapés, lits, bibliothèque, tables, chaises, football de table, yaourtière à pédale, pèse-bébé, sauna, jeu de fléchettes dont la cible représente Tiago Chiraco (chaque œil vaut cent points), cinéma porno, poupées gonflables, caisse de retraite des cadres, stand de tir, et j'en passe dans l'immédiat, trop sollicité par ce qui est étalé céans, et les miches tant tellement serrées qu'on ne pourra plus jamais prendre ma température. Parce que, n'étant pas le dernier des cons, ni même l'antépénultième, je me dis que si on nous a conduits ici, c'est qu'on ne redoute pas une dénonciation postérieure de notre part. Un repaire de cette qualité, pour des gusmen traqués, c'est du beurre. Ils ne vont pas prendre le risque de carboniser leur planque en nous remettant en circulation. Or, comme ils ne projettent pas de nous assurer le gîte et le couvert pendant les cent dix ans qui nous restent logiquement à vivre, c'est qu'ils comptent nous buter.

Quand nous voici voilà dans la grotte miraculeuse, ces braves garçons nous cernent après nous avoir fait placer en essaim autour de la table centrale.

Le chef, quant à lui, pousse une porte imitation rocher afin d'aveugler l'ouverture. Faudrait être drôlement futé pour repérer une telle cachette, moi je te le dis.

Il donne de la lumière et un gigantesque plafonnier diffuse sur nous une clarté de bloc opératoire.

— Ces filles parlent espagnol ? me demande le chef.

— Non.

— Alors dites-leur de déposer leurs bijoux sur la table sans faire de manières ; et vous-même videz vos poches.

— L'opération détroussage ? ricané-je.

— Nous ne pouvons lever des impôts pour subsister, señor, plaide mon interlocuteur, un grand beau gaillard aux yeux de braise et aux dents de loup, avec un collier de barbe qui ressemble à de l'astrakan ; lorsque nous aurons pris le pouvoir, nous n'aurons plus besoin de voler les gens de cette manière.

Il rit d'un beau franc rire en cascade (à cause de la chute, probable). Je fais part de ses exigences aux sœurs Bouquinquant ; elles sont trop effrayées pour regimber et se défont à qui mieux mieux de leurs bracelets, colliers, bagues et boucles d'oreilles. Personnellement, je dépose ma Piaget extra-plate sur la table, ainsi que ma liasse de chiracos. Le chef rafle le tout qu'il dépose dans une boîte de fer. Par acquit de conscience, il nous palpe afin de s'assurer que nous n'avons pas triché.

— C'est bien, approuve-t-il. Vous allez partager notre modeste repas.

Il se marre et ajoute :

— Vous l'aurez payé assez cher !

Comme tu le vois, la bonne humeur est de rigueur chez les révolutionnaires san braviens.

Ce qu'il y a de poilant, chez ces gens-là, c'est qu'à l'instar de mes trois stars, ils se ressemblent. Toujours, chez les francs-tireurs, tu noteras. Je te prends Castro, par exemple, tous ces guerriers, t'aurais cru sa pomme. Le mimétisme. A croire que les luttes secrètes unifient les visages.

L'un des gentils messieurs passe une espèce de casaque de lin sur son torse luisant et ôte son short mouillé. La casaque lui arrive un peu plus bas que le nombril ; mais il est sans pudeur. Ses potes l'imitent. Et voilà mes sonneurs de cloches avec mams'elle bibite au vent, ding dong ; des types bien membrés : de la bonne chopine de franc-tireur, comestible et que tu devines prête à la manœuvre sitôt que t'as enlevé le cran de sûreté.

L'un d'eux branche la radio. Ses potes s'occupent de la croque. Pas si frugale que ça. Froid, mais consistant : salade de turlu, gigot de gaudillo, fromage de brandule, fruits du jardin, café.

Le speaker interrompt tout à coup le programme de musique de chanvre. Il est tout essoufflé, surexcité, en pâmade. Il déclare comme ça qu'on vient d'apprendre la mort de Pedro Pantouflar, le chef de cabinet attaché de presse et d'embrassades. Une crise probablement cardiaque, vu sa promptitude, l'a terrassé alors qu'il s'apprêtait à passer à table. Suivent les mérites de cet homme de bien, héros de la Révolution, compagnon vachetement féal du divin Chiraco qu'il a servi avec un dévouement à toute épreuve, une persévérance naninanère et du chmoltoche à n'en plus pouvoir. Pantouflar laisse une pauvre mère accablée, une veuve en parfait état, et trois beaux enfants plus six filles. Aux suprêmes nouvelles, le président vénéré aurait décidé de lui décerner à titre posthume l'ordre du Trou Occulte et de la Banane, la plus haute récompense créée par le nouveau régime. Ses funérailles auront lieu demain matin en la cathédrale de Bravissimo, en présence des Corps constipés, d'un détachement de la garde à vue et du défunt drapé dans un drapeau, ce qui est la moindre des choses.

Les guérilleros explosent de joie. Ils déclarent qu'une pareille bonne nouvelle, ça s'arrose. Alors la tequila coule à flots. Mais le gars mézigue, fils unique et hautement préféré de Félicie, distille des arrière-pensées surchoix. Il se dit, le camarade Santantonio, que la crise cardiaque pourrait bien être consécutive à la rage de Chiraco. Ce dernier aura assouvi sa vindicte, comme on disait puis dans les feuilletons d'autrefois. Qui sait s'il n'a pas révolvérisé son chef de cagoinsses, ou s'il ne lui a pas arraché la veine jugulaire avec les ongles pour se passer les humeurs ?

La bamboula se poursuit jusqu'à une heure avancée de l'ennui, dans la grotte des francs-tireurs. Quand ils ont bien lichetrogné, ces messieurs décident de s'embourber mes compagnes. Je fais part à ces dernières de ce vœu pieux. Il n'a rien qui puisse effaroucher des personnes de leur condition. Et même, elles trouvent fière allure à ces hors-la-loi aux muscles tendus et à la peau luisante, aux chibres prometteurs, aux dents de loup, et t'essaieras et t'essaieras…

Alors une vaillante partie d'oignon s'engage. La vraie débauche. Je me dis que je pourrais en profiter pour essayer quelque chose, seulement le chef de la compagnie n'est pas tombé de la dernière pluie (c'est le cas d'y dire) et un homme armé est toujours de permanence pour me surveiller tandis que ses potes bavouillent à tout berzingue. Je dois préciser, pour cautionner la vérité de mon récit, que ces zigotos brossent comme des patates. Eux, ils se tamponnent des fioritures. La pipette moldave, l'enfourchement en danseuse, le trot viennois ne les intéressent pas le moins du chose. Depuis l'arrivée de Christophe Colomb, ça lime à la papa dans les Amériques. La baisouille franche et massive, le pif dans l'oreiller, avec de temps à autre un mouvement de crawleur pour assurer l'oxygénation du mec. Simplement, ce qu'il faut leur reconnaître, c'est qu'ils ont le cul à ressort, les gueux. Charogne ! De vrais lapins. Mille aller-retour-seconde ! Les miss, elles useraient d'un vibro masseur, elles ne s'apercevraient pas de la différence, comme on dit à France Inter. Ces « ombres », tu les verrais piquer leur sprint, t'en serais sidéré. Tout le peloton au coude à coude, dans un mouchoir, à tringler follement pour franchir le premier la ligne d'arrivée. Tout ça sans un mot. Du contre-la-montre de grand style. Juste que t'entends le bruit saccadé de leur respiration, et la plainte forcenée du sommier qu'on ébroue[1].

Ils déboulent dans un rush suprême, assez beaux dans leur effort, je dois reconnaître ; les hommes qui suractivent, fussent-ils bûcherons, rugbymen ou enculeurs de mouches, impressionnent. Y a de la grandeur dans le dépassement corporel. Anquetil fut plus exaltant que Pascal sur le moment. Et Cassius Clay que moi. Nous autres, Pascal, moi, c'est la postérité qui nous sauve. On ne laisse pas un nom, on laisse une œuvre. Un nom s'oublie, une œuvre continue de vivre et de se régénérer. Quand je parle ainsi, tu piges bien que j'en remets, car enfin Pascal n'est pas tellement connu, sinon pour faire chier mes petits potes au bac.

Toujours est-il que nos compères défouraillent presque en canon, dans un lapsus de temps très réduit, comme dit le Gros.

Le guerrier qui me surveillait et qui se traîne un gourdin plus long que le canon de sa mitraillette s'hâte de sauter sur le rôti qu'on lui laisse. Qu'à peine la sœurette libérée la première a le temps de se faire le ménage, il est déjà à l'intérieur de cette personne à entamer une course-poursuite absolument étourdissante.

1. T'occupe pas, les verbes sont mes amis.

La grande chevauchée éperdue, le Pancho Villa ! Son vrai nom, j'oubliais, c'est Ibez Sanchez. Il fulgure du scoubidou verseur, l'apôtre. Dieu du ciel, quel démarrage insensé. Mais où il va, commak, cézigue ? C'est téméraire, moi je déclare. Et d'ailleurs, tiens, sens : il chauffe ! Bien ce que je prévoyais… Il va s'enflammer un rouston à ce rythme. Comme les avions catapultés, quand une aile frotte.

Grand fou, va ! La môme (celle qui ressemble le plus à ses deux sœurs) se met à gueuler putois qu'il lui défonce le trésor des Templiers. D'autant que c'est le plus fortement monté, et qu'au grand surcroît, d'avoir visionné les prouesses de ses camarades, il en a chopé une comme une barrière de passage à niveau !

Elle en peut plus, la grenouille, d'un taureau tellement fougueux. Il va la transpercer, le butor, de son boutoir. Lui arranger une chaglatte vaste comme la grotte, qu'ensuite, les futurs amants s'y perdront. Son frifri, c'est pas la caserne d'Ali Baba, merde ! Il constitue son capital, son fonds de commerce, en somme. Les déprédations sont pas couvertes par la Lloyd. Qui c'est qui l'aura dans le cul si on lui défonce le baigneur ? Répondez pas tous, bande de glandus !

Enfin, il s'active tant et si bien qu'il part à dame avant la catastrophe.

Là-dessus, tout le monde se couche et s'endort du sommeil de Just Fontaine.

Si tu savais quel réveil nous attend !

Non, avant de se réveiller, on va changer de chapitre, ça mérite !

CHAPITRE SIX

DANS LEQUEL TOUT LE MONDE NE SE RÉVEILLE PAS

Pourquoi le grondement de la chute d'eau, devant la porte, me fait-il songer à un moulin de mon enfance ? C'est normal, tu trouves ? Ah, bon ! Oui, après tout, que l'eau t'évoque une chose propulsée par l'eau, ça coule de source ! Je suis nave, parfois. J'ai des étonnements de chérubin. Même, je me trouve con, bien souvent. Presque toujours. Je suis le plus intelligent de tous les cons qu'il m'aura été donné d'approcher, mais j'appartiens pourtant à la confrérie des céhoënnes-pantoufles. Je suis un connard qui aura admirablement réussi à jeter le doute. A force, ça fatigue l'homme. L'effort entraîne l'usure. Tu démènes pour créer des apparences, tu luttes contre ta nature, tes composants, ta matière ; tu te fringues Lapidus, tu te risques dans les subjonctifs, t'apprends des choses que tu restitues habilement et à bon escient ; les autres croient que t'es arrivé. Y s'disent « Il est formide, ce type-là. Quelle classe, quelle intelligence, et cette culture, merde ! ». Mais y s'donneraient la peine de gratter, ils découvriraient quoi t'est-ce ? Je vais te le révéler : rien ! Du hachis parmentier de connerie. Du gâchis parmentier, quoi ! Le zéro et l'infini qui se coursent dans la tronche pensante de l'Antonio.

Bon, pour t'en revenir, le moulin, jadis, au fond du soir, sur un ciel de tristesse et de mélancolie. La roue qu'à chaque aube je meurs, limoneuse et moussue qui ne tournait plus, ne tournerait plus jamais du grand jamais. Et quoi de plus sinistros qu'une roue qui ne tourne pas, quoi de plus contraire au génie humain ? Le feu, la pierre taillée, la roue... Et la roue tourne plus, c'est la chiasse, non ? Note, moi j'aimais bien qu'elle fût immobile dans sa démantelance, près du moulin transformé en maison de vacances. Y avait des nénuphars tout alentour, posés sur leurs palettes vertes. De grosses bulles venaient éclater à la surface, entre les plantes aquatiques. Mais je te raconte, te raconte des trucs que tu t'en branles à t'en disloquer le poignet, mon pauvre. Les souvenances, c'est bon pour celui qui les possède, pas pour ceux qui les écoutent. Les tiens, souvenirs, je t'en fais cadeau. Alors je mesure que pour les miens c'est du kif. Pourtant ils sont en grand besoin de remuer tout ça à compter d'un certain âge, mes temporains. Les voici tous qui plumaillent pour narrer leur enfance, leurs amours, les gonziers qu'ils ont connus, les choses bien héroïques qui leur sont arrivées. On est cons, je te jure. Indiciblement. C'est plus révocable, une sottise d'à ce point ! Pas surmontable toute la vie. Le moment vient que tu flanches. Tu fais camarade. Tu rentres dans ta connerie pour retrouver tes aises.

T'acceptes d'endosser la vilaine casaque conesque, idem un pyjama. La fatigue a raison de tout. Et puis ça suffit sur la question.

Bon, on se réveille.

Pas moi le first : une des trois frangines que je ne saurai jamais laquelle.

Elle s'arrache donc aux voiles délicats de ses songes arachnéens de chiotte. Et alors te vous pousse un cri, mais un cri, mon pauvre, que les conduits auditifs nous en saignent !

Un cri pis que dans les films d'épouvante. Si je le transcrivais, m'faudrait au moins trois pages, rien que de « i » ; c'est te dire.

Je bondis.

— Quoi ? Qu'est-ce ? Où ce que ?

La fille est sublimement nue, les loloches fermement tendus, les meules moulées main. Elle désigne avec les deux index des points précis de la grotte ; là que roupillent ces messieurs francs-tireurs. Lui faudrait quatre mains, à cette chérie pour tout montrer à la fois. Car il y a quatre cadavres à contempler. Ceux de nos copains détrousseurs. Oui, ils sont décédés, les combattants de la pluie. Morts avec un bel ensemble, la gueule béante, les yeux exorbités, leurs mains crispées sur leur poitrine. Des masques terrifiants, mon loubard. Qu'on s'en signe de croix d'urgence, vite conjurer le plus gros qui nous pèse sur la coloquinte.

Alors là, j'ai tout pigé. L'une de mes trois beautés (voire les trois) a (ou ont) administré une fameuse poudre de grande escampette aux guérilleros. Et ceux-ci sont clamsés en pleine noye, après avoir dûment ripaillé. Et ces foutues garces jouent admirablement la stupeur, l'effroi, le glagla. Elles supplillent qu'on s'en va (dirait Béru). Elles se relingent en toute hâte fiévreuse. Pleurnichant, gémissant, hoquetant, lamentant et autres adverbes fignolés.

Ma pomme, sans perdre le nord, je récupère les bijoux, le fric, tout ce que ces soudards nous avaient volé. Je dégage la porte. La chute d'eau chute de plus en plus impétueusement because les pluies qu'ont dû y aller à la manœuvre pendant la nuit.

On se casse en file indienne (ici, y a encore quelques Cheyennes de race, des Aztèques dans le fromage, cependant que nombre d'Incas caracolent au volant de leur Mustang).

Le soleil grimpe à l'horizon. La forêt est toute bruissante de ramages d'oiseaux. On file à tout berzingue jusqu'à la route où nous avons abandonné notre tomobile, la veille. Elle est toujours là, certes, mais dans quel état, comme aurait dit mon ami Charles Quint, le grand qu'avait une barbe. Madoué ! C'est un fantôme de bagnole. Elle n'a plus de roues, plus de volant, plus de housse, plus de moteur, plus rien que son châssis et sa carrosserie. Des piranhas buickophages l'ont dépecée jusqu'à l'os, pendant la nuit, pis que si on l'avait abandonnée sur l'autoroute du Nord. Note qu'avec ses boudins crevés, elle était hors d'usage pour nous !

On continue à pied sur Bravissimo. Le cœur lourd, les jambes molles. Moi, j'ai jamais eu une vocation de scout. Les marches forcées, merci bien ! Mes donzelles maugréent. Elles disent qu'en arrivant en ville elles veulent absolument foncer à l'hosto, se faire examiner de fond en comble par un toubib, qu'on leur analyse le sang, le pipi, tout le bastringue, vu que nos geôliers sont sûrement morts d'une vilaine épidémie hautement pernicieuse. Et qui doit s'attraper pis que la chaude-lance. Leurs simagrées finissent par me battre les claouis.

— Moulez-moi, les gerces ! exclamé-je. Nos tartarins ne sont pas morts d'une fièvre tierce, non plus que du typhus, quelqu'un leur a refilé le bouillon d'onze heures, si vous voyez ce que j'entends par là.

— Quelqu'un ? Mais qui ? égosillent ces péronnelles.

Tu parles d'un front qu'elles ont ! De plus en plus s'ancre en moi l'idée qu'une seule d'entre elles est là à la coule et qu'elle chique les saintes nitouches pour ne pas donner l'éveil à ses frangines.

Comme je ne réponds pas à leur question, et pour cause, elles s'écrient :

— Vous ? C'est vous qui avez empoisonné les brigands !

— Moi ! A Dieu ne plaise !

— Si ces hommes sont morts empoisonnés, ça ne peut être que par vous, car vous ne pensez tout de même pas que c'est nous ?

Je ne pense qu'à cela, au contraire. Je dissimule mon indécision derrière un rire plus ou moins bien venu. Après tout, seul compte le résultat. En scrafant ces types, celle qui leur a administré une potion magique nous a sauvé la vie. Quatre vies en échange de quatre autres, c'est un calcul qui se défend. La morale n'est certes pas sauve, mais nos aimables personnes le sont. Et c'est là l'essentiel.

Avant que nous n'abordions les faubourgs, un ronflement de moteur retentit derrière nous. Le premier depuis notre départ de la grotte. Nous nous rangeons sur le bas-côté et dressons simultanément nos pouces. Une fourgonnette Mercedes, blanche et neuve, se pointe dans un nuage de poussière. Docile, elle stoppe près de nous. Un gars de par ici se tient au volant. Il porte de grosses lunettes de soleil formant miroir. Et y a rien de plus indisposant que de voir ta propre gueule quand tu cherches à découvrir celle d'un autre.

— Vous pouvez nous emmener jusqu'au centre-ville, *señor* ? lui demandé-je avec une grande urbanité et un sourire grand comme sur les affiches qui te disent de placer ta fraîche à la Banque Chmoldu où t'auras tous les avantages : crédit, intérêt, pipe à toute heure, nettoyage de ta voiture gratis et tirage mensuel des bons de caisse, tout ça…

Le gars qui réfléchit grâce à ses lunettes me répond, sans réfléchir.

— Avec plaisir, montez derrière !

Je remercie le serviable camionnetteur et m'empresse de délourder les portes arrière du véhicule. L'intérieur de la calèche est vide, si l'on excepte deux ou trois caisses de bois sur lesquelles nous déposons nos fessiers. La tire repart.

Et moi je te dis que le gonzier ne dorlote pas sa boîte à vitesses. La manière qu'il te pousse la première jusqu'à cent, à en carboniser le moteur, en dit long comme la ligne du Transsibérien sur ses talents de pilote. Avec ça qu'il ne se préoccupe pas des panneaux de vitesse, le chéri. Il bombe plein tube, freinant à mort, virant sec, accélérant de nouveau. On ne tarde pas à avoir la nausée, ainsi embarqués dans la fantasia du Grand Huit. Mes trois connes exclament tant et mieux, en essayant de s'agripper à moi, à moi qui ne m'agrippe qu'à ma dignité masculine. Heureusement que le centre de Bravissimo n'est pas loin.

Pas loin ? Voire…

Cinq minutes s'écoulent à ce rythme d'enfer.

Puis dix, puis un quart de plombe.

M'est avis que le chauffeur n'a rien pigé à ma requête et qu'il se rend plus loin que la capitale. La seule route qui aille ailleurs mène au port, distant d'une chiée de kilomètres (au moins). Furax, je me mets à tambouriner contre la cloison qui nous sépare de ce Fangio san bravien. Fume ! C'est du Havane ! Il continue de rouler, le panard au plancher, l'horrible.

Je gagne la porte du fourgon en titubant et empare la poignée. Fatalitas, elle est bloquée ! J'ai beau escrimer, jurer, sacrer, pousser, cigogner, liturger[1], il m'est impossible d'ouvrir.

1. Nous avons demandé à San-Antonio la signification du néologisme liturger, employé de manière nous semblait-il anarchique dans ce paragraphe. Il nous a répondu que nous devions aller nous faire foutre. Nous avons suivi son conseil et avons lieu de nous en féliciter.

Les Éditeurs.

— Au secours ! Au secours ! glapissent mes pisseuses, épouvantées.

— Allons, allons, du calme, mes chéries ! leur dis-je sévèrement, avec la dignité d'un commandant de Boeinge dont trois moteurs sur quatre sont en flammes et qui fait juste comme si la climatisation était mal réglée ; un peu de dignité, que diantre !

Elles se récupèrent tant bien que mal.

— Mais qu'arrive-t-il ? demande celle du milieu.

— Ma poule, vous n'êtes pas sans avoir entendu parler de Charybde, ce monstre fabuleux qui gardait l'entrée du détroit de Messine. Il avait la foutue manie de gober les navires qui se présentaient. Alors les pauvres marins, pour ne pas se faire glouper comme des huîtres, changeaient de cap ; las, ils tombaient sur Scylla, un autre monstre, à six têtes celui-là, qui n'en faisait que six bouchées ! Il vient de nous advenir une aventure similaire à celle des matelots en question ; ayant échappé à Charybde, nous venons de tomber sur Scylla. Si la formule vous plaît, conservez-la en mémoire de moi, mes belles, car je viens tout juste de l'inventer.

Elles ne m'écoutent pas.

Pleurent.

Drôle que les larmes rendent sourd. C'est pourtant ainsi. Le véhicule utilitaire continue de bomber. Nous de ballotter. Faudrait quelque chose d'un peu contondant sur les bords pour briser l'une des deux vitres dépolies (pour être au net) enchâssées dans chacun des panneaux. J'essaie avec ma godasse, seulement nous avons affaire à du verre incassable.

Soit : attendons.

Il finira bien par se passer quelque chose ? Fatalement nous devrons nous arrêter. Une voiture à moteur a besoin de carburant et doit se ravitailler. Quand bien même nous serions en route pour la Terre de Feu, nous observerons des haltes.

Je leur explique ça. Elles s'entraînent à paniquer, mes belles radasses dorées. A sangloter comme des fillettes.

— Quel pays, chevrotent-elles, on s'en souviendra !

Dieu les entende !

*
* *

Au bout d'une heure, comme prévu, la fourgonnette stoppe. Aux bruits, je me rends compte que nous nous trouvons dans un port, à cause des sirènes, des halètements de bateaux, des ferraillements de grues.

— Aidez-moi, les mômes, on va leur jouer une bacchanale de notre cru pour donner l'alerte.

Et, prêchant l'exemple, je me mets à frapper les tôles des pieds et des poings en hurlant à m'en déchirer le corgnolon. Mes aimables compagnes font de leur mieux.

Pas longtemps. Au bout de quelques minutes, nos membres s'engourdissent, deviennent lourds, lourds, aussi lourdingues que nos cerveaux.

On se laisse tomber sur le plancher.

Me semble reconnaître une odeur chimique…

Et également percevoir comme un chuintement.

Vu, compris : on nous gaze pour nous assagir. Cette Mercedes est vraiment bien équipée.

CHAPITRE SEPT

DANS LEQUEL JE ME FAIS DE NOUVELLES RELATIONS

Valse…

Bal, petit bal, que chante le bon Francis.

Je ne suis pas endormi. Non, ç'a été juste un grand moment de langueur, très agréable, infiniment reposant. Et à présent ça danse. Et je songe à des endroits de ma vie où ça guinchait. Je déteste danser dans une salle faite exprès pour. Je trouve ça con. Lugubre. Des mecs qui se penchent sur des nanas en attente :

— Voulez-vous m'accorder ce tango, mademoiselle ?

Le mieux, carrément, ce serait de demander :

— Voulez-vous m'accorder votre cul ? J'ai un membre de dix-huit centimètres de long sur quatre de diamètre.

Ça serait plus franco, logique. Sympa.

Mais non, leur faut l'hypocrisie : jerk, slow, la trémousse, le frotte-nombril, la sueur, zizique en tête, zizique en cul !

Pour moi, danser, c'est un soir, dans une chambre, la femme que t'aimes, que tu viens de baiser royal et t'as la reconnaissance qui te déborde de partout. Et voilà que la radio joue un truc à fendre l'âme. Alors tu la prends dans tes bras, doucement, dans les pénombres, et tu te mets à danser sur place, que ça vaut pas le coup de voyager aux quatre coins de la pièce. Il suffit, comme ça, de la serrer, toute nue, contre toi, nu aussi. Une légère agitation, à peine, pas besoin, la danse c'est intérieur, c'est dans ta tête, c'est dans ton cœur, lové au fond de tes couilles. Alors bon, tu fermes les yeux. Tu la respires comme une fleur dans le jardin, au matin, avant que les chimisteries de la ville voisine viennent s'y déposer. Tu danses ton ivresse de l'aimer et de te régaler d'elle. T'accueilles la musique parmi vous deux, dans votre intimité, parce que c'est beau, la musique ; que ça va avec tout, surtout l'amour.

Moi, danser, voilà. Debout, immobiles, le nez dans une épaule de femme, les mains sur un corps de femme qui s'est déjà donnée, se donnera encore. Danser, dans les conditions que je te dis, c'est immobiliser le temps, l'espace d'un petit air. Bloquer les aiguilles de la vie. Plus penser à rien. J'ai plein d'airs dans ma tête. Des airs aux magiques enculades. Mes partenaires sont parties de ma mémoire, mais pas la musique. Dans, le fond, elles ne furent que la musique de la musique. Le reste, c'était moi, et je reste.

La valse…

Bal, petit bal…

Dans les films de René Clair, Carné, peut-être. Mais quoi d'aussi sinistre ? Et tiens, je vais te dire : ce qu'il y a de plus lugubre en ce monde, c'est de voir deux vieilles dames danser ensemble à la fin d'une noce. Des veuvasses qui n'inspirent plus rien, pas même la compassion, pas même la politesse. Des qui s'attardent obstinément, qu'on se demande pourquoi. Et quel plaisir elles peuvent escompter, de rester là, devant les autres, toutes lourdes de leurs ans, de leurs varices et de leur solitude ? Merde ! T'aimes la vie, toi ? Moi, y a des jours, je me demande ce qu'il faudrait pour m'aguicher. Peut-être les deux vieilles qui dansent, après tout. Oui, probable... Avoir le courage de les chibrer d'importance. S'engloutir dans leurs veuves moulasses décrépites. Ça doit payer. Mais je te répète : c'est le courage qui manque. On est trop à court, on ne va jamais au bout de ses propos. On a des bouts d'idée et on s'abstient de les réaliser. C'est timorant, l'existence. Au fil des jours elle te rejette et à la fin tu meurs pondu.

Valse, valse...

Mes potesses roulent l'une sur l'autre, l'autre sur moi. Ce plancher de camionnette sent le café, la farine. Comme quoi le véhicule ne doit pas servir uniquement à piéger des connards.

Ce roulis, ce tangage, c'est signé océan, ça.

Bon, la fourgonnette a été hissée à bord d'un barlu et on navigue. Le bateau en question ne doit pas être très grand, à la façon dont il roule. Je perçois les ahanements de ses machines. Je te parie un simple contre un double que nous nous trouvons à bord d'un vieux rafiot.

Qui nous emmène où ? Loin des côtes pour qu'on nous y noie ?

Je mets mes deux mains croisées en oreiller sous ma nuque.

Tant mieux que les pécores soient out. Ça me permet de gamberger à l'aise. J'aime bien, temps à autre, faire le point. Sur un barlu, c'est tout indiqué, non ?

Je récapitule les dernières vingt-quatre plombes. Le message dans la casquette, sur la plage. La séance au palais. Le triomphe de Berthe, promue égérie du président Chiraco. Notre promenade, l'orage, les compagnons de la pluie. La grotte. L'annonce du décès de Pantouflar. Les quatre guérilleros morts. La fourgonnette.

Y a du mouvement, tu diras pas ? C'est pas *Les Trois Mousquetaires*, mais je ne suis pas non plus Dumas, hein ? A Eve donnée tu ne regardes pas l'Adam. Et, en prime, t'as toutes les trois cents pages de la vraie littérature, dommage que mes polars n'en fassent jamais plus de deux cent quarante ! Merde, avec leur marotte de lésiner sur le papelard, au Fleuve, ils me laissent pas ma chance. Enfin, on m'héberge quand même dans les manuels. J'en possède déjà une flopée, sans blague. Je suis dans les vrais, les grands : Larousse, Bordas, Casterman, Hatier (à cheval et en voiture), dans d'autres z'encore, aussi huppés. Tu peux pas te gourer : j'sus à la fin, dans la para-littérature. Enfin je préfère appartenir à la para-littérature qu'à la littérature de para, c'est pas le même cierge qui coule.

Et bref, bon, il vous est arrivé tout ce cirque au San Bravo.

Va nous en arriver encore, tu parles, qu'on n'est même pas à la moitié du livre !

Est-ce qu'on va naviguer encore longtemps ?

T'as pas idée ?

Moi non plus.

Seulement pour toi, ça n'a pas d'importance, t'es pas l'auteur.

Je mate mes trois grands-mères, si belles, merveilleuses avec leurs jupailles retroussées. Bigrement tentantes. Il est vraiment azimuté, Tiago, de préférer la grosse Bertha à ces sujets d'élite. Je réfléchis comme ça que j'ai droit à une séance de super gala, mézigue. Dès qu'on aura l'opportunité, je m'offre une nuit de Valpurgis digne de Louis XV, juré ! mais pour l'instant elles sont pas d'attaque, ces chéries.

Bon, je change de position, car je commence à avoir le dos en tu sais quoi ? En dolori !

Bon, me fous à plat ventre.

Bonne idée, tu vas le comprendre avant longtemps, peut-être même avant moi.

Le menton sur les manos, je considère le plancher du véhicule puisqu'il compose pour l'instant mon unique horizon.

Je ne tarde pas à remarquer qu'il est constitué par des plaques d'acier qui sont vissées bord à bord sur des longerons.

Et, tout naturellement, l'éminent Santonio se dit que s'il parvenait à dévisser l'une d'elles, hein ? Tu m'as compris tu m'as ? Pas besoin de te faire un des seins.

Tu le sais, puisque nul n'en ignore désormais, je conserve sur moi, en permanence, deux objets de toute première nécessité : mon sésame, d'une part, cet outil modèle, cadeau d'un malfrat auquel j'étais sympathique, et qui permet d'ouvrir toutes les serrures ; plus, d'autre part, depuis quelque temps, un couteau suisse, bien superbe, rouge avec sa chère croix blanche si tant miséricordieuse et rassurante. Il comporte plusieurs lames. Note qu'il ne s'agit pas du modèle géant, celui à cent lames qui remplace une usine de mécanique. C'est l'un des ya intermédiaires : une grosse et une petite lame, des ciseaux, un décapsuleur de bouteille formant tournevis, un tire-bouchon, un poinçon. L'essentiel, quoi !

Le décapsuleur. Son tournevis. Au travail ! Chaque plaque comporte vingt-six vis. La chiotte, avec des vis, c'est que tu as les dociles et les récalcitrantes. Les dociles cèdent sagement à une pression ferme. Elles « viennent » sans truc férir, ces chérubines, et c'est un vrai bonheur de les voir grimper à soi, bien droites, le corps brillant, pareilles à de minuscules danseuses qui auraient oublié leur tutu. Les récalcitrantes te font penser aux teigneux de l'existence. A ces goitreux du cerveau, malcontents, rechigneurs, tendeurs d'embûches (de Noël), qui répondent « non » avant qu'on leur ait posé une question ; qui rêvent de rendre les roues carrées et de transformer le soleil en merde. Sur vingt-six vis, tu penses bien que je me heurte à vingt pour cent de mécontentes.

Je les passe outre quand elles se mettent à me snober, continuant mon turf avec les gentilles.

J'œuvre dans un angle arrière du véhicule afin de ne pas être entravé, ensuite, par l'insurmontable obstacle du pont arrière. Vingt et une vis sont ôtées au bout d'un quart d'heure. Reste les irréductibles.

Elles se répartissent sur les quatre faces de la plaque, m'empêchant de soulever un bord d'icelle. Alors, l'Antonio génial, celui qui remplace les godemichés en panne et les époux en voyage, décide qu'aux grands maux les grands machins. Profitant de ce que ces trois jolies dames sont encore inconscientes, il compisse une vis. La recette me fut communiquée en son temps par un certain Alexandre-Benoît Bérurier, lequel vivait au vingtième siècle à Paris, Paris qui était une ville française à cette époque reculée. Ledit Bérurier, un jour que nous nous colletions avec les vis d'un verrou très vénérable, et donc rouillé, me révéla que l'urine émouvait les vis (et il mettait le mot vis au masculin, l'objet lui paressant viril. Il disait « un vis », lui qui en avait tant !).

Effectivement, mes efforts, joints à ma miction (de confiance), ont raison de l'entêtée. Et ensuite, d'une seconde. Deux côtés de la plaque sont donc libérés, trois vis restant farouchement sur leur position ; tu me suis ? Pas trop difficile ? Tu veux que je recommence ? Non ? Tu comprends vraiment ou tu fais semblant ? Et puis après tout, hein ? Bon ! M'aidant d'une cheville de bois prélevée sur l'une des caisses, je parviens à…

Oh, et chiasse pour toutes ces explications à la

mords-toi le laineux. Tu t'en doutes bien, depuis le début, que je parviens à l'enlever, cette plaque. Alors pourquoi vais-je m'amuser à tirer à la ligne ? Je vais te dire, la nuisance, dans notre job, c'est qu'on est amené à truquer, mine de rien. C'est de la déformation, ça : parler pour ne rien dire.

Alors donc, je me débrouille pour ôter la plaque. Je fais la grimace en découvrant que l'essieu des roues arrière passe pile en travers de l'ouverture et que…

Allons, bon, je recommence ! Là aussi, tu penses bien qu'essieu ou pas, je vais me démerder pour sortir de ce fourgon. Pas facile, ça, tu peux me croire, mais enfin, à force de reptations et de mépris pour mes effets, j'arrive à me couler sur le pont du barlu qui nous emporte. Ça tangue tant et plus, et plutôt plus que tant. Je reste un bout de moment sans broncher, tâchant à me repérer. La perspective rasante ne me permet que d'apprécier la taille du bateau. Ainsi que je l'avais prévu, il s'agit d'un vieux rafiot. Il craque de partout et son bois vermoule. Son pont n'est large que de six mètres environ. Nous avons été chargés côté proue, bien entendu. Le barlu n'est pas conçu pour le transport des voitures car on nous a arrimés au moyen de filins fixés à la diable, dans tous les sens. Les roues du fourgon ont été maintenues par des pièces de bois sommairement clouées au pont. J'attends un peu, puis je repte vers l'avant du véhicule. Certes, je prends la précaution de demeurer au centre de celui-ci, mais je ne fais guère d'illuse quant à la précarité de ma position. Qu'un mataf y regarde d'un peu trop près et je vais être découvert (à poisson). Evidemment, il me faudrait la nuit. Une belle nuit sans lune. Je suis imprévoyant, en tant qu'affabulateur, je trouve : j'aurais pu déplacer l'action, la situer plus tard dans la journée, au crépuscule très propice. Mais non, carrément, je déboule aux aurores. Plein soleil. Va falloir s'accommoder, faire avec les moyens du bord, c'est le cas de dire !

Un bruit de voix. A cause du moteur et du flot grondeur, ceux qui se causent sont obligés de gueuler. Il faut coûte que coûte que je file mon petit périscope personnel hors de ma planque. C'est alors qu'il me vient une idée.

Je repte vers l'orifice. J'homme-serpente de nouveau, rengage mon buste statufique par l'orifice. Justement, l'une des sœurs est revenue à elle et considère la vie retrouvée d'un œil indécis.

— Hé, Mathilde ! je lui débigoche, car faut bien se décider à donner un prénom à une fille, de temps en temps, manière de se faire un palais, passez-moi le journal qui tapisse cette caisse vide.

Elle obtempère.

— Surtout, vous et vos frangines, ne bronchez pas avant que je vous fasse signe.

La donzelle acquiesce.

Moi, pour lors, je fais une espèce de grosse boule avec le baveux qu'en première page, justement, on peut admirer Tiago Chiraco inaugurant le salon du diabolo-menthe au hall des expositions de Bravissimo. Je perce deux trous pour mes châsses, je place le journal devant moi et risque ma bouille sous le pare-chnocks de la Mercedes.

Me faut pas longtemps pour retapisser le topo.

Au mitan du bateau, plutôt sur l'avant, il y a le poste de pilotage, vitré. Deux types sont à l'intérieur : l'homme de barre, et un autre zig frileusement engoncé dans un imperméable, coiffé d'une vilaine casquette très large, comme on n'en voit plus que dans les actualités sur l'exposition internationale de 1900. Les deux personnages matent vers le large, droit devant eux, donc me tournent le dos. Trois autres types bavardent sur le pont : notre chauffeur aux lunettes-miroirs, si serviable envers les stoppeurs (dont il est à la recherche) plus deux matelots basanés, loqueteux, cradingues, qui fument des moignons de cigare en crachant après chaque bouffée.

Un quatrième homme se pointe sur ces entrechoses, portant une sorte d'immense couffin empli de victuailles. L'instant de la bouffe est venu. Les autres se lèvent et se dirigent vers la proue pour jaffer, car ils seront protégés du soleil par l'ombre du poste de pilotage. Si je possédais une arme, peut-être tenterais-je quelque chose. Mais je ne dispose que d'un couteau suisse et ils sont six. Je réfléchis bien. La situation est délicate, mais non désespérée. En somme, pendant un bon moment nous n'aurons à nous gaffer que de deux mecs qui nous tournent le dos et qui, chose estimable, ne pourront nous entendre.

De mon œil de lynx j'apprécie les lieux. Et voilà que j'échafaude un plan qui, s'il est conduit à terme, nous vaudra de bons moments. Je me refuse à t'en dire davantage pour l'instant, sinon, par la suite, t'iras gueuler de partout que l'idée était de toi. Parce qu'alors, ta pomme, pardon, c'est pas les scrupules qui t'empêchent de ronfler ! Le jour qu'on distribuait la vergogne, tu t'étais barricadé dans les gogues, faut croire, pour en tellement manquer.

Satisfait par ce premier examen et les conclusions qui m'en résultent, je retourne à la trappe. Mes cisterciennes sont toutes réveillées. Je leur révèle ce qu'est l'instant présent et la manière dont j'envisage le suivant. Elles paraissent décidées à suivre mes observances. Je suis sobre dans mes exhortations.

— Si cela réussit, on s'en sort, sinon on l'a dans le cul.

Bien qu'elles aient déjà accepté beaucoup de visiteurs dans cette partie admirable de leur individu, elles paraissent farouchement partisanes de la première hypothèse. Et voilà, on s'y colle.

Pour commencer, je les aide à s'extraire. Ça n'a rien de duraille, car les deux messieurs du poste de pilotage, de par leur position élevée, ne peuvent voir ce qui se bricole sous la bagnole.

Lorsque, après maints efforts, nous nous retrouvons à plat ventre sur le pont, tous les quatre, l'instant crucial est venu. Que ceux qui ont un peu de religion se signent en trois exemplaires et déposent l'original au service des archives.

Sous le poste de pilotage se trouve la porte de la cambuse. Il s'agit donc pour nous quatre de franchir à découvert la distance de trois mètres environ qui sépare le fourgon de la ladite porte, sans être aperçus des deux hommes de quart (qui sont donc des hommes de moitié). Pour l'instant, ils continuent de deviser en matant sur l'avant, seulement il ne faut pas longtemps à un individu pour tourner la tête. Certes, l'homme est moins prompt que le caméléon ou le colibri branleur, néanmoins, même s'il fait de l'arthrite cervicale, un angle de nonante degrés (fussent-ils Fahrenheit) ne lui prend guère plus qu'une poussière de seconde.

Je compte sur la jacasse des deux types pour assurer la constance de leur position présente. J'explique à mes pisseuses ce que j'attends d'elles. Elles sont prêtes. Opération largage, kif les paras : go ! go ! go ! Et les voici à l'abri du rouf. Ça s'est passé avec une facilité déconcertante. Me reste plus à espérer que les déjeuneurs de l'avant n'aient pas oublié le sel ou n'aient pas besoin d'un kil de rouge supplémentaire.

A nouveau mon couteau suissaga, ce vaillant, cet indispensable auxiliaire combien précieux, entre en fonction. C'est mon tonton Agénor qui m'a initié à la beauté du couteau suisse. Il en avait une collection terrible, tonton, qu'il me montrait avec fierté chaque fois qu'on lui rendait visite, mes vieux et moi. Des à lame unique, des bilames, des tri et ainsi de suite jusqu'au mahousse des mahousses, non fourgué dans le commerce, un couteau servant d'enseigne, long de quatre-vingts centimètres et riche de cent lames dont certaines indescriptibles, que t'aurais pu pratiquer une laparotomie avec, démonter une locomotive ou construire une seconde tour Eiffel. Il l'avait acheté aux Puces, Agénor, car c'était le plus fameux pucier-man du vingtième arrondissement. Un forcené. Son univers, c'était le marché Biron, et puis l'autre aussi dont j'ai oublié le nom et qui est à deux rues du premier. Il y passait ses vékendes, l'apôtre ; fourguant tout ce qui lui tombait sous la main, des trucs obscurs, jamais commercialisés avant lui, et qu'il parvenait pourtant à brader après leur avoir fait subir une légère modification, ou les avoir dotés d'un mystérieux additif. Le risque, quand on se rendait chez tonton, c'était d'y oublier quelque chose : son imper, son pébroque, son briquet, n'importe. Dès qu'on avait tourné les talons, il engourdissait l'objet, Agénor, le remisait dans son placard magique, près des chiottes, et il fonçait ensuite le vendre aux Puces. Tu pouvais toujours revenir le chercher, pleurer que tu l'avais oublié sur sa commode ou dans le porte-parapluies du vestibule, il chiquait l'étonné, arrondissait ses yeux farineux de chat-huant qui se prend une calbombe de D.C.A. dans la poire. Mordicus il soutenait qu'il n'avait rien vu, rien trouvé : « Vous pensez bien, ma bonne Félicie, que si vous aviez laissé votre mallette chez moi, je vous aurais déjà téléphoné ! ». Il avait la voix et le maintien tranquilles et son innocence aurait impressionné un gendarme corse. Il attendait que tu caltes. Pas de pitié. Je crois pas que la cupidité le poussait, non, il obéissait à des mobiles plus enfouis, c'était un besoin de se pointer au Biron, un paxif sous le bras, et de le défaire devant ses revendeurs, ou bien, quand il traînait plusieurs trucs, il fourguait lui-même, sur un bout de carpette mitée, en bout d'allée. Et il lui est même arrivé une fois de vendre son haillon de carpette. Il était comme ça, Génor, avec ses cheveux gris séparés en deux par la raie au milieu, ce qui composait deux espèces de petites ailes sur sa tronche. Il avait un râtelier pas pensable, acheté aux puces, ça je l'ai raconté y a des lustres dans le *Standinge*, et qu'il s'était bricolé lui-même pour l'ajuster à ses gencives. Oui : un vice, les Puces, son aventure. Quand on se pointait dans son trois pièces, il vous détaillait d'emblée, de fond en comble, évaluant ce que vous étiez susceptible d'oublier. Vous laissiez votre manteau à la patère ? Vite il s'éclipsait pour aller accrocher son pardingue par-dessus, dans l'espoir que vous partiriez sans penser à votre propre vêtement. Un cas !

Et pourquoi je te raconte tonton Agénor à cet instant si crucial, si délicat ? Les souvenirs, c'est le chiendent de l'âme. T'as beau les sarcler, ils repoussent irrésistiblement.

Moi, du point de vue de l'action, j'en étais avec mon couteau suisse une fois z'encore. Dont je me sers tu sais pourquoi ? Pour dévisser les épissures des filins maintenant l'auto sur le pont. Comme les câbles sont neufs, c'est un jeu d'enfant. Bientôt ils sont disjoints et l'automobile redevient mobile. Alors je bondis à mon tour en direction du rouf pour rejoindre mes gentilles dadames.

— Qu'avez-vous fait ? me demandent-elles.

— Une diversion, rétorqué-je, vous allez voir.

Y a pas longtemps à patienter. Tangage et roulis conjugués ne tardent pas à libérer le fourgon de ses entraves. La voiture, malgré son frein à main, se met à glisser d'avant en arrière, à cahoter de droite et de gauche, puis de gauche à droite. Tout à coup, une lame un peu plus accentuée que les précédentes fait glisser le véhicule jusqu'au bastingage qui claque comme : une coquille de noix, du bois sec, du macaroni pas cuit, un talon d'athlète, les dents d'un poltron, des castagnettes, le compte en banque d'un producteur de films, les doigts d'un écolier, une porte dans un courant d'air, un drapeau dans un défilé, un bec, une affaire trop belle, un moribond (tu gardes la formule qui te plaît le plus et tu biffes les autres). Brusquement, le fourgon se trouve en équilibre instable, avec deux roues arrière dans le vide. Le mouvement plongeant du barlu le retient de basculer, mais sans le ramener sur l'avant. Cette pauvre Mercedes ressemble à une grosse bête blanche qui s'agrippe (de Hong Kong) mais va lâcher prise. C'est à cet instant que les deux gus du poste de pilotage s'aperçoivent du désastre. Le pilote actionne sa sirène afin d'alerter l'équipage.

Y a branle-bas de combat. Ça se pointe au pas de course. On dirait que le destin se paye leurs fioles et s'amuse à leur donner le spectacle, parce que, sitôt que les hommes sont rassemblés et qu'ils s'affairent pour tenter de maintenir le fourgon sur le pont, voilà le rafiot qui cabriole et, pouf, bonsoir tout le monde, la Mercedes disparaît.

C'est l'agitation indescriptible. Le barlu vire de bord. Les mecs galopent à la recherche de grappins, parce que la Mercedes doit flotter à la surface et ils veulent tenter de l'alpaguer avant qu'elle ne coule à pic. Un grand diable borgne, comme dans les films de corsaire, se pointe vers la cambuse. J'ordonne à mes fillasses de s'écarter. Le mec dévale l'escadrin. A la dernière marche, je le cueille d'un crochet du droit sur son lampion valide. Il croit que la nuit est tombée et il tombe aussi. Je l'assure d'un coup de talon sur la nuque. Et un de moins, un ! Le ligoter-bâillonner est facile, vu que tu disposes de davantage de corde sur un bateau qu'il n'en reste dans la réserve du bourreau de Londres.

Là-bas, à la proue, c'est le gros bidule. On s'agite, on vocifère, on brandit des gaffes, on en fait. Tout le monde crie des ordres, personne ne les exécute. Le type à l'imperméable qui se tenait au côté du pilote se pointe en gueulant plus fort que tout le monde. Depuis ma planque je peux le voir, comme tu peux voir la photographie de M. Jean-François Revel dans l'Express. C'est un gonzier un peu voûté, d'une demi-siéclée d'années, avec des lunettes et une barbiche blonde. Le gars, sans nul doute, qui chargea le mec de la plage de me remettre le message m'enjoignant de filer. Intéressant, non ?

Tu verrais la manière qu'il trépigne. Il jacte dans une langue que je ne comprends pas et qu'il m'est difficile de situer dans le vacarme ambiant.

Les autres s'agitent. Y en a un qui s'attache un filin autour du buste et qui se prépare à plonger, cependant que deux de ses potes tiennent l'autre extrémité de la corde.

Je me dis pour lors, et très succinctement, les

choses ci-après : il y a sept hommes à bord. L'un étant neutralisé, il n'en reste plus que six. Sur les six, trois sont occupés à la manœuvre de repêchage, et un à celle du bateau. Ne reste de franchement disponible que le type à la barbiche et le chauffeur du fourgon. Et encore ont-ils leur attention mobilisée par ce qui se passe. Donc, c'est le moment d'essayer quelque chose. Seul inconvénient : le pilote qui regarde sur l'arrière et donc m'apercevra immédiatement, dès que je sortirai de mon abri. Seulement un vitrage le sépare du groupe arrière, et de plus il se fait un boucan du diable vers la proue. Par ailleurs, il ne peut pas lâcher sa barre. Rapidos, je fais l'inventaire de la cambuse, à la recherche d'une arme. Tout ce que je dégauchis, c'est un hachoir à viande dont la lame est épaisse comme un steak précisément.

— Vous allez voir comme les gens sont méchants, lancé-je à mes pouffes.

Et je joue ma grande superbe scène de Fort Alamo.

Sans m'occuper de rien, mon hachoir à la main, je fonce vers le groupe qui ne m'entend même pas arriver. Je suis instantanément sur les deux types arc-boutés qui retiennent leur pote. Mon coup d'épaule les propulse à la tasse et manque m'entraîner avec eux dans le bouillon. L'espace de pas longtemps, j'ai le temps d'apercevoir le fourgon dont seule la cabine avant se trouve encore au ras des flots, le reste ayant été inondé par le trou qui m'a servi à en sortir.

Je rattrape in extremis mon assiette pour faire front aux deux autres. Ma survenance semble les sidérer. Faut dire qu'il s'est produit, en des lieux réputés, des miracles plus aisément explicables que celui constitué par ma brusque présence.

— Les mains en l'air, sinon je vous fends la gueule, crié-je en brandissant mon hachoir ; fendre la gueule de mes contemporains, c'est ma spécialité.

A cet instant précis, une balle vient se planter dans le pont, à trois centimètres de mon pied gauche. C'est l'ahuri de pilote qui se paie de l'héroïsme en vrac. Je chope rapidos le chauffeur par les épaules et le place devant ma pomme. A cet instant, le verre droit de ses lunettes éclate parce qu'une seconde bastos vient de lui traverser la tronche et qu'elle est ressortie par l'œil. Je l'ai sentie, d'ailleurs, sillage brûlant contre ma joue[1].

Mon bouclier n'aura servi que l'espace d'un coup de feu et il me claque dans les doigts. Je l'abandonne pour choper le barbichu. Cézigue, tu croirais un acteur amateur hollandais dans le rôle de Trotski.

— Faites signe à cet abruti, là-haut, de cesser le feu, sinon il va vous assaisonner aussi, lui crié-je en anglais.

Il ne demande pas mieux et, de ses deux bras en ailes de moulin à vent (hollandais, je te dis !), intime au mitrailleur d'interrompre le massacre. Mais l'autre truffe humide ne l'entend pas ainsi. Il vient de découvrir combien il est sublime dans *Le pont sur la*

1. Très joliment dit, on se croirait dans un vrai roman d'action ; comme quoi San-Antonio ne doit pas désespérer.

Jean-François Revel Ier.

rivière Kwaï et le voici qui continue de rester en position de tireur, comme dans les feuilletons bourrés de G-men, le coude gauche relevé pour former appui, la tête inclinée, un œil clos, le canon de son feu braqué dans notre direction. La situasse risque d'éterniser. Si j'avance vers le rouf, la perspective plongeante lui permettra de me cueillir. Et je ne vais pas demeurer ici jusqu'à la Saint-Trouducu, celle-ci tombant en décembre !

Alors je palpe les vagues du barbichu, et tu devines quoi. Parfaitement : il a un feu dans la poche de son imper. Un de ces parabellums qui crachent épais. Chétif comme est ce fougeux, quand il s'en sert, le recul de l'arme doit le faire tomber sur ses fesses !

De là-haut, le mec n'a pas eu le temps de piger.

Je le poivre dans la foulée, à l'instinct, sans viser. Le pistolet était branché sur le répétitif et mon nid de frelons se disperse en un gros glave terrifiant.

Là-haut, le gars a à peine bougé, simplement, sa tête s'est inclinée sur son bras replié et son feu a chu sur le pont.

— Il semblerait que les choses se soient décantées, n'est-ce pas ? dis-je au barbichu en le refoulant d'un coup de rotule dans le prosper.

Il trébuche, tombe à genoux et reste ainsi, sur le pont, comme un coureur de cent mètres dans ses starting-blocks, les mains prenant tout juste appui du bout des doigts en pattes de missile lunaire.

Je jette un œil en direction de la mer. Le fourgon s'est englouti, corps et biens. Les trois matafs barbotent désespérément. Bonne âme, je leur virgule une bouée moisie accrochée au bastingage et ils l'emparent avec ravissement. Je crie à mes rombières que tout danger est écarté, alors elles s'hasardent. Et puis, bon, je leur donne des instructions, comme quoi elles doivent dégauchir une longue corde et la lancer aux marins après l'avoir attachée à une grosse bitte.

Y a des moments, il ne faut pas craindre de laisser des initiatives aux gonzesses. Le M.L.F., je veux bien, mais alors qu'elles mettent la main à la pâte au lieu de toujours la mettre à la braguette.

Voyant qu'elles m'obéissent, je m'occupe de l'homme à la barbe blonde.

— A nous deux, Van Gogh. Le moment est venu de m'interpréter « Confession d'un enfant du siècle ».

CHAPITRE HUIT

DANS LEQUEL JE VAIS FAIRE L'IMPOSSIBLE POUR RALLIER LE CHAPITRE NEUF

Et nous devisons.

Peu, mais bien.

Te rapporter notre converse sera l'affaire de pas longtemps, et encore j'exagère.

— Vous savez qui je suis ? questionné-je.

— Oui, répond mon interlocuteur.

— Moi, j'aimerais savoir qui vous êtes.

— Inutile.

Oh ! que j'aime pas ! Oh ! que je déteste ! Oh ! que ça me fatigue illico le système, j'entends le vrai, le nerveux ! Oh ! que ça s'engage mal ! Oh ! qu'il va lui arriver des ennuis considérables (de lièvre) ! Oh ! qu'il est téméraire dans ses ripostes, ce lunetté-barbu-blanchâtre ! Quand on kidnappe les gens, qu'on les embarque de force à bord d'un vieux barlu branlant pour une destination inconnue et une destinée plus inconnue encore, quand on les soporifie et que vos copains les révolvérisent, on surveille ses expressions, moi je dis.

— Vous jouez avec le feu ! assuré-je.

— Je suis ignifugé, assure le personnage avec un sourire crispant.

Je sors un briquet de ma poche, le bats, lui obtiens une flamme que j'approche de la barbe blonde. Ça fait « faouttttt » et la barbiche crame comme de la paille d'emballage. Y compris la tignasse du mec. Vite, il se désincendie à l'aide de son imperméable. Mais tu verrais sa bouille lorsqu'il ôte le vêtement de son foyer. T'as entendu causer des fameuses têtes de nœud réduites par les Indiens j'y vois rose (comme dit Béru en parlant des Jivaros). Eh bien, ça ! Grosse comme le poing. Misérable, caduque, imbécile, tristette. Que c'en est à se demander comment il va faire pour avoir l'air d'être vrai avec un tel chef.

— Ça vous amuse ? me demande-t-il sans s'émouvoir.

— Franchement, pas. Je tenais à vous prouver que vous vous faites des illusions quand vous vous prétendez ignifugé.

— Très drôle !

Non, mais tu sais qu'il me prend pour une patate, ce bougre d'espèce de truc informe !

— Je suis décidé à vous infliger les pires sévices pour vous faire parler, préviens-je.

Il hausse les épaules.

— Et moi, je suis décidé à les subir sans parler, mon cher commissaire.

Si tu veux mon humble avis, ce gnace a dû se payer un entraînement psychologique carabiné qui l'a rendu apte à tout endurer sans s'allonger. Je suis convaincu qu'on peut lui enquiller un tisonnier rougi dans le recteur ou lui arracher les dents avec un marteau sans obtenir de sa pomme le plus léger tuyau. Un moral d'airain, tu comprends ? Y a des gonziers comme ça : fabuleusement équipés pour les pires endurances, les plus atroces tortures. Des super-stoïciens, des gars qui comportent comme si leur viande n'existait pas.

Alors, plutôt que de me donner le ridicule de le tourmenter en pure perte, je me contente de le saucissonner et de le ficher dans un coin.

Ne reste plus qu'à faire un peu de ménage : balancer à la tasse le pilote foudroyé et le chauffeur énucléé. Ensuite, aider les repêchés à gagner le pont.

Quand les trois sont laguches, bien ruisselants et claquant des chailles, malgré la chaleur, je leur tiens un langage sobre mais empreint de fermeté.

— Messieurs, je suis le nouveau commandant du X trois étoiles (car j'ignore encore le nom de cette vieille chenillerie de barcasse). Vous me devez le respect. J'entends être obéi au doigt et à l'œil. Si vous jouez le jeu, je vous récompenserai en vous offrant une séance amoureuse comme vous n'en aurez encore jamais connue, grâce à la coopération des aimables jeunes filles que voici. Si ça rechigne, je vous plombe la coiffe ; que chacun médite mes paroles et en fasse son profit. Avant de se mettre aux manœuvres, vous allez me dire où nous devions nous rendre initialement.

Ils sont très bien, ces garçons. Pas chicaniers pour un chiraco.

— On devait rejoindre le yacht du président, au large du cap Griso-Nazo, disent-ils.

Que d'entendre cela, mon pauvre biquet, les bras m'en poussent de dix centimètres chacun.

Rejoindre le yacht présidentiel !

Mais pourquoi-ce ? Mais à cause de ?

Alors là, j'en perds : mon latin, mon anglais, mon allemand, mon italien, mon espagnol et même mon argot !

— Pour quoi faire ? je leur questionne.

Ils haussent les épaules.

— On ne sait pas. C'était l'ordre.

— Et il est encore loin, le Cap Griso-Nazo ?

— A une heure de navigation, me rétorque un grand malabar qui paraît plus avisé que les autres et doit avoir le grade de premier, deuxième, troisième et quatrième maître.

Je m'offre le luxe de réfléchir au vu et au suce de ces messieurs.

— Qui est capable de prendre le commandement en second de ce contre-torpilleur ?

— Je ! dit le malabar.

Effectivement, il porte une montre en nickel au poignet, ce qui tendrait à faire croire qu'il sait lire l'heure, et que donc c'est un individu cultivé.

— Le cap sur le cap Griso-Nazo ! enjoins-je. Je ne tolérerai aucune défaillance.

Ayant déclaré, je me laisse glisser sur les grands flots bleus, en surveillant le comportement de « mon » équipage.

*
* *

Des rires ! Des folâtreries.

A croire que ces dames se font faire des papouilles ! Comme disait le duc de Kent : elle glouce, Esther.

Je m'hasarde jusqu'à la cambuse et c'est pour prendre acte d'un spectacle que non, franchement, on aura tout vu et que je ne suis pas au bout de mes stupéfiances. Magine-toi, l'artiste, que mes trois donzelles, rassurées par la tournure des événements et histoire de se défouler la nervouze, ont découvert un nouveau jeu que je recommande chaudement à madame la baronne pour ses kermesses de charité.

Elles ont allongé le premier motof, celui que j'ai ligoté et oublié, je le con-fesses, elles l'ont allongé sur le dos, reprends-je, au beau milieu de la cambuse, lui ont déballé le zigomar vibreur, ont flatté icelui comme il convenait pour qu'il atteigne le mieux de sa forme et jouent, ces petites polissonnes, à le chevaucher alternativement. Quand j'emploie le verbe jouer, crois-moi, c'est à bon escient. Il s'agit réellement d'un jeu, assez innocent, somme toute, et dont je te communique les règles. Chacune de mes nanas fait dix aller-retour sur le bistounet de l'homme. Ensuite, elle laisse sa place à une autre qui se paie également dix mignons va-et-vient. La troisième entre dans la ronde à son tour. La gagnante sera celle qui aura droit à l'apothéose du julot. Ce qui corse (je te dis plus Ajaccio, depuis tous ces attentats) la chose, c'est que chacune des trois frangines déploie sa propre technique. T'as celle qui s'active dans la fougue cosaque, celle qui, au contraire, travaille en velouté langoureux, et celle, enfin qui trémole du prose. Le mataf, son mât de misaine est à la noce, tu peux le dire. Ces ébats de gonzesse sur sa grande vergue, même dans ses rêves les plus érotiques consécutifs à l'abus de tequila, il imaginait pas une débriderie pareille. Quand il racontera ça, plus tard, à ses petits-enfants, ils le traiteront de gâteux. Il gémit doucement. Ce qui rend dingue cette séance, c'est la brièveté de chaque intervention. Dix tagadas, c'est une misère. T'as à peine le temps de prendre du recul. Lui, juste quand il prépare sa décarrade, la mademoiselle déséquestre, lui laissant renquiller sa pâmade. A la fin, ces changements répétés de partenaires et de rythme le rendent chèvre, le pauvre garçon. La preuve qu'il bêle (de Cadix) ! Les mômes se mettent alors à tricher un peu. Celle qui l'emballe à la va-vite exécute quelques cigognages supplémentaires, au grand dam des deux autres, lesquelles tiennent la comptabilité de ces culées. Celle qui voluptueuse ralentit tant et tant le mouvement qu'elle outrepasse la durée limite impartie, et là aussi ça rouscaille. De même, la troisième, celle qui a choisi la saccade, exécute de telles figures aux angles téméraires qu'elle va casser la tige de Césarin. Et puis, au bout d'encore cinq minutes, les circonstances entraînent le match nul. Le marin débigorne pendant un temps mort, entre deux partenaires. Il emplâtre le plaftard de la cambuse, ce con. Évidemment, celle qui fut en lice la dernière (la voluptueuse justement) revendique la victoire. Mais ses sœurettes s'inscrivent en faux, comme quoi le jeu c'est le jeu et que la triomphatrice devait décrocher la timbale avec sa case trésor, un point c'est tout ! Alors faut pas venir ergoter à présent. Elles referont une partie plus tard, promis.

Moi, je délivre l'heureux bénéficiaire de ce singulier concours et l'invite à rejoindre ses compagnons.

*
* *

Le malabar qui tient mal la barre me désigne une masse ocrée vers les confins.

— Le cap Griso-Nazo, *señor* !

Je chope les jumelles posées sur la carte et me mets à scruter le large dans le sens de la longueur. L'océan est vide. Pas plus de yacht à l'horizon que de pourboire sur la table d'un bistrot écossais.

— Personne ! marmonné-je.

— Il n'est pas encore arrivé, dit le malabar. Nous devrions approcher de la côte, *señor* commandant, et jeter l'ancre pour l'attendre.

Le conseil me paraît valable.

Aussi, le suis-je.

Bientôt, le vieux barlu se balance mollement dans la houle.

La journée s'écoule.

CHAPITRE ENGIN NEUF

DANS LEQUEL J'AI UNE RÉVÉLATION

— Terre ! Terre ! qu'hurlait la vigie de Colomb, en apercevant les gratte-ciel américains.

Mon mataf de veille, lui, égosille : « Bateau eau ! Bateau eau ! » C'est la nuit chutante. Le soleil pique sa tronche rougeaude dans la flotte et l'univers marin devient sanguinaire.

Tout le monde regarde l'en direction qu'il désigne et, fectivement, on voit se pointer le beau yacht blanc battant pavillon san bravien. Il approche rapido : tu penses, un Rivello Chichman à turbine des chantiers navaux de Marly-le-Roi, ce serait dommage !

Nous assistons à son jetage d'ancre, toujours émouvant, à quelques encablures, comme on dit puis, de nous. Un pavillon représentant une tête de nœud sur fond d'azur est hissé. Une sonnerie de trompette retentit, biscotte le président procède à son changement de costard : il troque en effet son uniforme de grand amiral admirable de la flotte contre une tenue de yachtman : bermudoche à fleurs, polo blanc, panama léger, grand cordon de saint Brave, patron de la patrie (qui protégea les Espagnols débarqués au San Bravo contre l'invasion indienne).

Enfin, ces différentes et pour tout dire multiples opérations étant accomplies, un détachement de la marine nationale ayant rendu les honneurs après une forte absorption d'ipéca (quand on est con, on le demeure), nous voyons une vedette rapide se détacher du yacht (lequel se nomme *El Sublimissimo Presidente*) et foncer droit vers nous. Un officier de marine (il se came en douce) est droit à la proue, la main sur la hampe du drapeau qui flotte au vent du soir. Il en prend plein sa gueule de raie que je ne distingue pas encore très bien, malgré mes jumelles, mais que je vais avoir l'occasion de regarder comme je te vois, d'ici un peu moins de pas longtemps.

Pour te parler franchement, et pourquoi non ? Nous nous pratiquons depuis assez de temps pour n'avoir à nous cacher que l'essentiel, s'il fallait encore faire des cachotteries avec le superflu, merde ! Pour te parler franchement et massivement, reprends-je, je suis profondément intrigué.

Drôle de micmac, n'est-il pas vrai ?

Le barbichu nous kidnappe et nous embarque à bord d'un vieux barlu, ce afin de nous emmener très au large pour y attendre le président Chiraco. Or, ce président nous a eus à dispose, dans son palais, dont il nous en a virés comme des malpropres. Cette conduite paraît aberrante, moi je te le déclare tout net. Et, malgré le danger sous-jacent, je désire en apprendre davantage.

On ne se refait pas, comme disait Notre Seigneur

Jésus-Christ. Tiago Chiraco pouvait tout contre nous. Il pouvait nous faire : embastiller, écorcher vif, énucléer, écouiller (en ce qui me concerne), battre à mort, disparaître, cul-de-bassefosser, expulser, sodomiser, lire du Robbe-Grillet, manger de la merde ; il pouvait disposer de nos personnes à sa guise (qui est encore plus grande morte que vivante). Alors, pourquoi ce rendez-vous en mer ? Ah ! si le barbichu voulait bien parler… Mais, hélas (de trèfle) il possède cette richesse incommensurable que représente le silence. L'avenir appartient à ceux qui parlent, et le présent à ceux qui se taisent. Bien ma veine que d'être tombé sur une carpe et non sur une carpette !

Bon, v'là la vedette.

Tout immaculée dans la nuit tombante qui fait frissonner l'océan. Son officier fringué de blanc aussi, le regard torve comme une morve, il chafouine des prunelles et du sourire, l'apôtre.

Je l'accueille, très sobre, distingué même, sans vouloir en rajouter, en un garde-à-moi plein de prudence.

Il me salue militairement, à la manière des marins san braviens, c'est-à-dire en se prenant les burnes de la main droite et en s'enfonçant l'index gauche dans le rectum grâce à une fente astucieusement ménagée dans le fond du pantalon (le slip n'existe pas dans la marine san bravienne, il a été remplacé par la culotte Petit Bateau, à trous).

Il ne paraît pas surpris que ce soit moi qui l'accueille.

— Je viens prendre livraison des trois filles, Excellence, qu'il m'annonce.

Je réprime : une grimace, un cri de surprise, un sursaut, un borborygme et une mutinerie de mon cœur surmené.

— Elles sont ici (les Moulineaux), mon subcommandant, dis-je.

— Alors, qu'elles viennent (Autriche[1]), me répond-il sans machin, comment dit-on ? Non, pas sans jambages, mais sans aménité !

Et, avant que j'eusse le temps de faire un mouvement pour alerter mes poulettes, il ajoute :

— Où est l'homme qui les escorte ? Ici ?

Moi, tu me sais ? Dans les cas difficiles, je suis toujours à la hauteur. Tout autre, moins armé contre les débridances de la stupeur, répondrait : « C'est moi, mon père, si c'était un curé qui me pose la question, ou encore, « c'est moi, monsieur l'agent », s'il s'agissait d'un agent, enfin tu es trop féru d'Archimède pour ne pas avoir compris le principe[2]. Mais illico dare-dare, la pensée me vient que ce messager à gueule de forban pourri, et bravement vérolé de la queue et du mental, me prend pour qui je ne suis pas ; qu'à la manière, en outre, dont il a articulé sa question, il ne nourrit aucune sympathie pour « l'homme

1. Il est à noter que San-Antonio se complaît dans ce genre d'indigences. Elles abondent dans certains de ses ouvrages, comme celui-ci par exemple. Que le lecteur veuille bien nous les pardonner.

Note des Editeurs.

2. Vous voyez : il continue !

qui les escorte », et je m'empresse de rétorquer, agrémentant de l'inflexion, de l'œil et du sourire :

— Nous avons dû le neutraliser, mon superbe-commandant-beau-comme-un-paf.

— Montrez-le-me !

Docile, je-le-lui-le, en l'emmenant dans la cambuse où le ci-devant barbu est en train de gésir dans ses liens.

Ce que je fais là est culotté, car il se pourrait que l'officier de farine (il est en blanc) connaisse mon petit copain, encore que sa frime privée de poils et passablement noircie ou rosie soit difficilement identifiable.

— *Ecce homo*, fais-je sans sourciller, comme si je lui désignais un paquet de lessive, dont on vit l'époque, tu t'en rends bien compte ; à croire, quand t'ouvres la téloche, que l'ultime souci des humaines est d'avoir un linge « plus blanc » sans bouillir ni cracher dessus, miraculé d'enzymes (la boum).

L'envoyé de Chiraco acquiesce. Et alors, je vais te dire, mais surtout reste calme, panique-toi pas : il tire un pétard de sa ceinture et, posément, comme un postier oblitère les timbres d'un recommandé, il lui tire quatre bastos dans la carcasse : deux en pleine poitrine, deux autres en plein baquet.

Et bibi élève sa belle âme aussi haut qu'il le peut. Et il chocote à outrance en songeant que les matafs du bord vont probably se précipiter et raconter ma petite mutinerie. Par mesure de chose, je garde ma paluche crispée sur la crosse de feu se trouvant en ma pochession, prêt à perforer l'officier.

Lui, il visionne les trois donzelles vertes de frousse.

— Dites-leur d'embarquer, aboie-t-il, le président vénéré a horreur d'attendre, il est déjà en pleine surexcitation et il a fallu lui faire deux savonneuses avant d'arriver.

Serait-ce à dire que Chiraco, revenant sur son premier mouvement de répulsion, aurait pris l'envie de ces demoiselles ? Et qu'il compte les fourrer express ?

— Vous allez embarquer, mes chéries, dis-je à mes compagnes, surtout ne parlez pas de moi, c'est bibi qu'il croit avoir exécuté.

Elles glaglatent, les fées.

— Et nous, que va-t-on nous faire ? elles z'hoquètent.

Que les gens, tu les connais ? Ce souci d'eux-mêmes, merde ! Toujours préoccupés de leur petite personne au lieu de penser à la mienne. Moi, moi ! Ce que j'aurai entendu ce croassement. Ah ! leur peau, dis donc, c'est quelque chose ! Et même quelqu'un ! Ils n'en changeraient pas pour tout l'or du world, ces tordus.

— Vous, dis-je, votre beauté vous préserve. Vous êtes entrées en grâce ; le président va faire votre fortune, promis, juré. Maintenant, caltez, volailles, sinon ce vilain trucideur va coller un chargeur neuf dans son drageoir et vous faire passer le goût du haricot rouge.

Rendues dociles par cet avertissement, elles résignent et se dirigent vers la vedette que des marins du yacht les aident à y descendre en se rinçant la rétine.

— Je vous demande pardon, mon hyper-commandant, murmuré-je, quelles sont les instructions, maintenant ?

— Terminé, vous pouvez rentrer. Si le magistral président a besoin de vous, il sait où vous faire atteindre, n'est-ce pas ?

— Naturellement. Puis-je me permettre une autre question, mon sublime commandant ?

— Laquelle ?

— Le président avait honoré de ses grandissimes et fabuleusement sublimes faveurs une dame française de belle corpulence ; en est-il toujours satisfait ?

L'autre pouffe de rigolade.

— Vous voulez parler de la vaca ! Elle est dans les geôles du palais, car il en a eu vite assez ! Il est probable que Son Altesse Présidentielle la fera forniquer avec quelques porcs avant de la faire lâcher sur la grand-place depuis l'hélicoptère de l'armée, car le monumental président ne dédaigne pas la plaisanterie à l'occasion.

Il me resalue militairement.

La vedette s'éloigne.

« Mes » matelots n'ont pas bronché. Et je pige soudain la raison de leur passivité : en constatant que l'officier me saluait, puis qu'il revolvérisait mon prisonnier, ils ont conclu que j'étais bien en cour et jouissais de l'approbation du tyran. Désormais je suis tabou.

On flanque le corps à la mer.

Accoudé au bastingage, je le regarde tournoyer dans l'eau noire, à la lueur de nos feux de position. La vedette emportant mes gerces est rentrée au bercail. La nuit est truffée d'étoiles qui mirobolent au firmament. La lune voudrait bien être de la fête, mais un accumulus de cumulus lui voile la face et elle ne se montre que brièvement, lorsque son éventail floconneux s'écarte un brin.

« Et maintenant, San-Antonio, me prends-je à partie, que vas-tu faire ? »

Je suis officiellement mort. Pas pour longtemps car, lorsque nous serons à terre, les marins vont parler. Sœur Berthe est embastillée. Les trois souris se trouvent à pied d'œuvre, seule chose franchement positive dans tout ce bigntz. Car enfin, on est venu ici pour cela, hein ? Que celle qui est chargée « du travail » l'accomplisse donc. Et alors, le sol san bravien sera débarrassé de son Amin Dada.

Comment diantre va-t-elle s'y prendre pour liquider le dictateur ? Enfin, c'est son affaire. Si elle y parvient, peut-être serons-nous sortis de l'auberge ? Seulement, pour l'instant, il va falloir se mettre le nez au sec, et ici la chose n'est guère fastoche.

— Quels sont les ordres, commandant ? me demande le malabar.

— Nous retournons à notre point de départ, mon ami.

Ma décision est aussitôt répercutée. Mes gonziers s'agitent. Nous virons de bord. Bientôt nous défilons devant le yacht présidentiel illuminé. Doit y avoir fiesta sur le « *El Sublimissimo presidente* ».

Bonne bourre, *señor presidente* !

Je vais me chercher un bouffement à la cambuse afin de me défringaler l'estom'.

*
* *

Je somnolais probably, vaincu par la fatigue et la nuit, bercé par la danse du rafiot sur le flot d'encre.

Et me voilà à sursauter parce qu'on vient d'ouvrir la porte du rouf à la volée. Illico je dégaine mon arquebuse. Inutile, les intentions du marin qui se tient dans l'encadrement ne sont pas belliqueuses. Au contraire, il semble plutôt avoir besoin de réconfort (des halles).

— *Señor* commandant, il glapitouille, l'épidémie !

J'achève de m'éveiller tout à fait.

— Comment, l'épidémie ?

— Carburo est en train de mourir, señor commandant, il est *verde, et il ne peut plus respirer.*

Carburo ! Qui c'est ça, Carburo ?

Je me dresse pour accompagner le matelot jusqu'au poste de pilotage. Malabar est à la barre, derrière lui, allongé sur le sol, j'avise l'homme que je fis prisonnier naguère, dans la cambuse, celui auquel mes trois copines enseignèrent le jeu délicat du coiffe-cierge polisson. Il est raidi, écumant, vitreux, cireux, soufré. Pas beau à voir. Pour tout te dire, exactement semblable, ô mon frère, aux partisans que nous avons découverts morts, le précédent matin, dans la grotte de la cascade.

— Epidémie ! Epidémie ! Epidémie ! psalmodie Malabar, par trois fois, comme le coq de Saint-Pierre.

Je me penche sur le malheureux qui en profite pour rendre tu sais quoi ? Le dernier soupir. Que je me demande bien d'ailleurs à qui il l'avait fauché.

Ce soupir ultime, si ténu, si plus rien, eh bien, je vais te dire, mon con : c'est pour moi, tout à coup, la bourrasque de la vérité. Ce souffle dernier, totalement dernier, combien menu et imperceptible, cette intime exhalaison me claironne le grand air de la vérité.

Je viens enfin de piger. De tout comprendre. Avec quelque retard sur l'horaire, j'en conviens, mais quoi, Einstein aussi a eu des ratés. Lui-même ne l'a-t-il pas été dans un premier temps ?

Mes trimelles, mon prince, mes triplées, mes sœurs catastrophes, elles ont la mort EN elles. Putes, elles la transmettent avec leurs sexes mignons. On leur a fait subir je ne sais quoi qui les a rendues semeuses de crève rapide. Elles tuent qui les baise et ne le savent point. Comme quoi, il vaut mieux être leur pédicure que leur amant ! Et sans doute ignorent-elles cette effroyable particularité. Voilà pourquoi elles chiquaient si bien l'incompréhension et l'innocence ! Ce sont d'innocentes créatures récréatives qui propagent un mal sans rémission au cours de leurs ébats. Leurs mignons frifris sont plus redoutables qu'une ligne à haute tension qui traîne au sol ; pires qu'une réelle épidémie de typhus ou de fièvre bubonique, supérieurement calamiteux. Et soudain me revient à l'esprit la remarque d'un des « Quatre » lors de notre ultime entretien avant le départ :

— Naturellement, il va de soi que vous êtes un gentleman et que vous laisserez ces demoiselles tranquilles !

Dit sur un ton tranchant, espère. Un ordre, quoi ! Et la preuve, malgré l'appétit sexuel que tu me connais, je me suis abstenu de frivoler avec mon cheptel. Dieu soit loué (avec dépôt de garantie) ! T'imagines que je me les embourbe en camarade, à l'hôtel ? La petite tringlée mutine, style sieste polissonne ! C'eût été possible, non ? Et même normal.

— Epidémie ! redit Malabar.

Je le rassure :

— Non : crise cardiaque.

— Vous croyez, *señor* commandant ? se met-il à espérer.

— Si. N'ayez pas d'inquiétude.

Au loin, droit devant : les feux du port... Des rouges, des verts. Et puis d'autres, plus banaux, moins fanals.

Je consulte ma montre, n'ayant pas de médecin à disposition pour me donner l'heure. Elle raconte deux plombes du mat. Je me livre à un rapide calcul, duquel il ressort (à boudin), en me basant sur les expériences antérieures et en supposant que Chiraco ait assouvi fissa sa frénésie sexuelle, qu'il ne lui reste guère plus d'une heure ou deux à vivre.

CHAPITRE DIX

DANS LEQUEL JE CONTINUE D'EXISTER

Les bateaux, les beaux bateaux qui s'en vont vers les Amériques, que chantait Germaine Montero, jadis. T'as jamais écouté des disques de Germaine Montero ? Tu ne connais pas les chansons de Mac Orlan ? Elles sentaient bon le goudron, la mer, l'orage, la bière tournée, la pute parfumée. C'était plein de relents de frites et de cul, avec, en loucedé, l'amour. L'amour maladroit et épique des gens de passage qui se cachent dans les cynismes pour ne pas être tentés de s'arrêter une fois pour toutes, histoire de mettre leur vie à l'heure.

Moi, débarqué du rafiot (tiens, j'ai seulement pas eu l'idée de regarder son blaze) je me paie un panoramique sur le port. Qu'il soit nordique ou sudique, un port est partout le même : des grues, des rails, des bittes, des môles, des barlus paraissant enlisés dans l'eau noire de mazout.

Tout est silencieux à cette heure intermittente, équivoque, pas vivable. Il n'y a que des fantômes d'acier sombre. Et puis des senteurs nostalgiques et fortes. Et moi, à travers elles, je renifle l'odeur de nos roses pompons de Saint-Cloud. Ça m'évoque mes rentrées tardives, quand notre jardin s'en donne à cœur joie, à la brume de nuit, et que le familier s'habille de mystère. Ce que j'aimerais traverser la tonnelle, en ce moment, et puis ouvrir notre porte et retrouver cet autre parfum du gîte, et les bruits ténus de la maison en somnolence : l'horloge, le craquement des vieux meubles, le léger bruit du commutateur, chez Félicie, qui éclaire pour regarder l'heure, la chère vieille chérie, à jamais bénie.

Pour le moment, Saint-Cloud, c'est une autre planète.

Ça se situe dans les passés floconneux, au radieux pays de la mémoire, capitale Maman !

Bon, que vais-je branlocher, moi ?

J'aurais pu ordonner à mon équipage de rallier un port étranger afin de m'y mettre le nez au sec. Mais il est inconcevable que j'abandonne Berthe, non plus que les trois moukères au fion empoisonné. Cela dit, je détermine mal ce que je peux faire pour elles toutes, les pauvres : Berthe dans les geôles du palais, les trois sœurs à bord du yacht de Chiraco ! Et Chiraco qui doit entrer en agonie, à l'heure où je te cause ! Mon seul espoir est que l'annonce de son décès provoque un sursaut populaire et qu'une démocratie s'instaure dans la foulée. Mais serait-ce la solution de mes problos ?

Aucun véhicule à l'horizon.

Je franchis les lourdes grilles commandant l'accès au port et que personne ne surveille. Le port est construit en demi-cercle dans une anse. Une large avenue misérable le cerne, bordée, de l'autre côté, par des maisons basses. Un immeuble neuf domine le tout, qui héberge la capitainerie, les douanes et autres autorités nationales. Un panneau indicateur annonce que Bravissimo est distant de 15 kilbus. Je ne vais tout de même pas parcourir cette distance à pince !

Des estaminets s'égrènent, mais ils sont fermés. C'est pas marrant, une dictature, ça rend tout le monde casanier, couche-tôt, cafard, marcheur-au-pas, boy-scout, processionnaire. Les anus se mettent à béer, les volontés à s'assoupir, les peuples opprimés ont la sotte impression de faire leur B.A. Ils attendent en catimini des lendemains qu'ils espèrent des autres. Alors ils dorment, tu comprends ?

Je suis drôlement déconfit (d'oie). Drôlement perplexe. Ecœuré par le sentiment que je ne sers à rien, que je suis en rabe, versé dans la cohorte des mendiants. Un mendigot, c'est un individu en trop. Il s'est décyclé tout doucement au point de ne plus rien pouvoir pour lui. Son ultime ressource est de servir d'épouvantail ; les autres le secourent pour chasser leur effroi.

Un coup de vague à l'âme de fond me submerge. Je m'assois sur le muret de pierre supportant la haute grille.

« Allons, l'artiste, tu ne vas pas te laisser couler en queue de peloton ! A quoi ça ressemble, quand on est l'invincible Santantonio ? »

J'en suis là de mon auto-engueulade quand un

coup de sifflet de trident (comme dit Bérurier) retentit.

Je sursaute.

Deux ombres surgissent, en provenance d'une guitoune du port. Il s'agit de douaniers…

A quoi bon fuir ? Mieux vaut les attendre de pied ferme.

D'autant que, selon toute vraisemblance, je ne suis pas hors-la-loi dans ce pays. A peine un mort pour les suprêmes instances. Les deux zigotos se pointent au pas gymnastique, en brandissant leurs pétoires. Ils ont le kibour de traviole et quand ils respirent tu vois mourir les papillons de nuit dans leur zone d'exhalaison, tant tellement que leur haleine est insecticide, à force de tequila.

L'un des deux douaniers (il s'appelle Rousso) me demande dans une langue qui tient tout à la fois de l'espagnol et du berger allemand qui je suis et ce que je fous là, à pareille heure.

Je lui réponds placidement que je suis un Français ami personnel et intime du président Chiraco et que, venant de débarquer, je m'aperçois que le chauffeur qui devait m'accueillir m'a posé un rabbit[1].

Ils examinent le passeport bonne en uniforme que je leur présente, le sergent (suppose que l'un d'eux soit sergent, ça te coûtera pas un pellos de plus) l'em-

1. Petit animal britannique, grand amateur de carottes, que l'on dépêche à ses rendez-vous pour vous excuser lorsqu'on a un empêchement.

Note du Traducteur.

poche et m'intime (puisqu'on est juste entre nous) de les suivre.

Nous nous rendons à leur poste de garde, un aimable local qui pue : les pieds concentrés, le pet en circuit fermé, le tord-tripes épandu, le drap crasseux, le vieux tampon encreur, l'administration sous-développée[1], l'iode, et la gomina de bazar.

Si l'on excepte un immense portrait tout flambard de Tiago Chiraco sur fond de drapeau san bravien, tout ici est misérable, funeste et anéantisseur. Il serait impossible à un onaniste convaincu de se masturber convenablement en ce lieu de haute déprime, tant il est impropre à l'imagination, voire à la concentration. Il bannit de l'esprit toute perspective de plaisir. Tu ne penses qu'à Sartre ou à rien (ce qui revient au même, les extrêmes se touchant, les dégueulasses !).

Pour commencer, ces deux messieurs me fouillent. Oh là là, fâcheuse initiative ! et puni soit l'Antonio qui n'a pas eu la présence d'esprit de se débarrasser du para bel homme planté dans sa ceinture.

Ça les remet à aboyer et il ne reste plus que des traces d'espago dans leurs vociférations. Qu'au bout desquelles, ils décident de téléphoner en haut lieu, n'importe l'heure tardive. Et alors moi, tu me connais ? Tout de suite c'est la savate française dans les couilles de l'un et un féroce coup de boule dans la mâchoire de l'autre, histoire de mettre les plaideurs

1. Etrange expression de la part de San-Antonio qui déteste les pléonasmes habituellement.

Note réglée.

d'accord. Et ça s'étale sans rechigner, ça, madame. Ploum, plok. Descendez, on vous demande ! Les premiers au parquet seront les premiers servis. A savoir que je méticuleuse en les terminant de mon célèbre shoot rémois dans la gueule. Bravo Sana, merci, et revenez nous voir quand vous passerez dans le quartier.

A présent, il me s'agit de les mettre vu que la situasse est devenue intenable pour ma pomme, étant prêté qu'ils savent mon identité. Tu comprends ?

Je prie saint Brave de m'éclairer, ne fût-ce qu'avec une petite loupiote. Et je vais te dire une bonne chose : faut pas hésiter à invoquer les saints ; moins ils sont connus, plus ils sont flattés et plus ils te concèdent. Que ces pauvres bienheureux en ont ras l'auréole de voir toujours les quidams s'adresser directement à Dieu. Ça leur donne l'air de quoi, ces pelures, qu'on les passe outre délibérément, kif s'ils n'existeraient pas ? Moi, je vois, saint Brave, en la circonstance, il fait ni une nid d'œufs, m'oblige à tourner la tête vers le fond du gourbi pour m'apercevoir un vélo. Oh, il ne s'agit pas d'un Colnago de course, dix vitesses, en alliage léger. En fait c'est du cycle vétuste, rouillé mais pouvant encore te balader le maréchal-ferrant Dada avec les seize épouses réparties sur le cadre et le porte-bagages. Bref, ce n'est pas un vélo mais une bicyclette. Par mesure de machin, je ligote mes deux douaniers dos à dos, étant à court de liens, puis j'enfourche ma nouvelle monture et vas-y Poupou !

Je fonce, à grandes pédalées grinçantes dans la

nuit fraîche. Et je songe qu'il y a des lurettes, toutes plus belles l'une que l'autre, que je n'ai pas fait du cyclotourisme. Dans le fond, c'est un sport qui mérite. Le bas de mon futal roulé dans mes chaussettes, les pans de mon veston au vent, j'appuie fermement, comme un qui sait où il va et qui est pressé d'y parvenir. En fait je me rends à Bravissimo sans idées prélavables (Béru dixit). Simplement parce que c'est là-bas que je devrai « faire quelque chose » s'il y a quelque chose à faire.

T'es content ?

Moi non plus.

Pourtant, j'éprouve une certaine allégresse de chiquer les coureurs de l'âge d'or. Le temps héroïque où le Tour de France se courait en cinq étapes. L'époque de Petit-Breton, comme papa me causait. Il était tout bibace, lui-même dans ces années heureuses. Peut-être qu'il n'était seulement pas né, j'sais plus. Et que c'était son papa à lui qui lui racontait les hauts faits des premiers géants de la route. Tout va si vite. Tout se malaxe si parfaitement que tu finis par intervenir et ne plus savoir qui a vécu le premier, de Gutenberg ou de Blériot, de Victor Hugo ou de Blaise Pascal, de De Gaulle ou de Richelieu.

Le petit oiseau blotti dans mon pédalier gazouille de plus en plus gaiement. Je gravis des pentes, fonce « à tombereau ouvert » dans les descentes, dénoue des lacets, ou encore je « roule à ma main » sur les espaces plats. Le beau langage de l'*Equipe* m'arrive pour me survolter. Alors je mets en danseuse, je dose mes efforts, je lance le sprint, je chasse derrière le peloton, je recolle aux fuyards, je revois les échappés, je mène plus souvent qu'à mon tour, je casse la baraque, et autres...

Si bien qu'en très peu de temps je parviens à Bravissimo. Il est haletant, Sana. En nage. En âge de se changer.

Je dois me raser, me baigner, me sustenter, dormir. Surtout dormir, oh, oui ! Alors, tout bêtement, tout innocemment, je regagne mon hôtel.

Faut le faire après avoir pareillement chahuté les douaniers du port, non ?

*
* *

Œuf ajaccien (j'en ai classe de toujours dire œuf corse), l'hôtel est fermaga et je dois sonner pour me faire ouvrir. J'interprète différents airs assez péremptoires sur le timbre, dont les plus fameux sont : les trompettes d'Aida, la Marche des Gladiateurs, Sambre et Meuse, enfin, la Marseillaise, paroles et musique de mon excellent camarade Rouget de Lisle. C'est cet hymne vaillant, tellement émouveur, qui a raison du sommeil du gardien de nuit. Il se pointe, maussade, hirsute, vieux, malade. Ses tifs sont gris, mais furent blonds. Son visage est ridé, mais il fut altier. J'ai devant moi le spécimen type du décavé. Le genre d'homme venu de loin et qui s'est mis à mal vieillir dans un pays qui ne lui convenait pas, mais dont il n'a pas eu la force de s'échapper. Souvent, t'as des mecs qui font un complexe de concentration.

Ils sont prisonniers par vocation. D'eux-mêmes, en réalité.

Et je mate ses yeux très bleus, à peine cernés par le sommeil.

— Seigneur ! grommelle le bonhomme, d'où pouvez-vous bien venir à cette heure plus que matinale ?

Je lui souris. Son accent : un beurre ! Il y a de la choucroute après les syllabes de l'espagnol qu'il pratique.

— Allemand, hé ? lui dis-je en allemand.

Il opine.

— Réfugié politique, je suppose ? Vous aviez un grade important dans la Gestape ou un service de ce tonneau. A la fin de la guerre, vous êtes parti pour les Amériques. Mais une fois ici, la carburation s'est mal faite. Vous avez créé une affaire qui n'a pas marché. Et, de fil en aiguille, vous en êtes arrivé à cet emploi de veilleur de nuit, lequel n'est lui-même qu'une étape vers le mendigotariat.

Curieux comme je suis cynique et cruel en présence de ce débris de guerre. Pourtant, je n'éprouve aucun ressentiment. A le regarder, ce vieux Teuton, on comprend qu'il a payé chérot son erreur d'aiguillage. Une vie à se disloquer, à abdiquer, à craindre. Trente-cinq piges, bientôt, de délabrance progressive.

— C'est à cause de vos insomnies que vous vous êtes fait veilleur de nuit ?

Il hausse les épaules. Malgré la vacherie de mes paroles, il conserve une attitude de souveraine indifférence. Il décroche ma clé du casier où elle attendait.

— Il doit y avoir du désordre dans votre chambre, annonce-t-il.

— Ah oui, et pourquoi ?

— La police est venue dans la soirée pour fouiller, or les policiers d'ici ne remettent rien en place.

Je prends ma clé. Je regarde Pépé Gestapo. J'hésite.

— Ils n'ont rien dit ? je demande.

— Non.

— Ce n'est guère prudent, hein ? soupiré-je en me dirigeant vers l'escadrin ; mais tant pis, je suis tellement crevé que je m'endormirais sur la bascule de la guillotine si l'on m'y allongeait.

Le veilleur d'ennui fait claquer ses doigts noueux. Dans le hall, ça produit comme le déclic d'une arme dont on retire le cran de sûreté. Je me retourne.

— Quoi donc, Herr Nazi ? je lui fais comme ça, de plus en plus mesquin et imprudent, car ce brave bonhomme n'aurait qu'un coup de turlu à passer pour que ton gentil Santantonio finisse la nuit dans un gnouf pas piqué des charançons.

— Donnez, me dit-il.

Il désigne la clé que je fais sautiller dans le creux de ma pogne.

— Pourquoi ?

Il sort une petite clé de sa poche de gousset.

— Je vais vous en donner une autre.

Et il opère le changement d'autorité.

— J'habite derrière l'hôtel, calle Santiago, au 3,

une petite maison accolée aux garages. Ma chambre n'est pas très confortable mais vous y dormirez plus en sécurité qu'ici.

« Ma chambre, c'est la porte tout de suite à droite de l'entrée. Ne faites pas de bruit car j'ai quelqu'un dans l'autre chambre.

Je considère la petite clé qui a succédé à la grosse dans ma paume.

— Vous prenez de gros risques, dis-je.

Il soupire :

— Ça faisait longtemps, ça commençait à me manquer, probablement.

Pas une expression, rien. Son visage ridé demeure imperturbable.

— La solidarité entre gens de la vieille Europe ? insisté-je.

Je l'agace.

— Allez donc vous coucher ! riposte le vieillard en rouvrant la lourde de l'hôtel.

Il attend que je sorte, referme. Le verrou cliquette derrière moi.

La nuit sent l'eucalyptus parce qu'il y a une allée bordée de ces arbres odoriférants tout contre l'hôtel. J'ai un petit moment d'indécision. Le vieux SS me tendrait-il un piège ? Chasse-t-il la prime ? Il lui aurait été cependant facile de me laisser gagner ma chambre du palace, et puis de prévenir les poulets. J'incline à lui faire confiance. On ne peut pas passer vingt-quatre plombes d'affilée sur le qui-vive !

*
* *

Le 3 est une masure, mais blanchie à la chaux de Pise, ce qui la requinque. La chaux, c'est l'élégance des pays ensoleillés. Ils sont pauvres mais blancs, tu comprends ? Et le blanc, c'est ce qui fait le plus défaut en ce monde, si noir.

La petite clé ouvre un gros verrou. J'entre dans du noir qui sent fort le chlore car on ne doit pas chialer sur l'eau de Javel. Un commutateur actionné me propose en échange de mon geste un escalier de pierre aux marches étroites menant à un étage bas. Une seconde porte s'interpose, qu'ouvre la même clé. « A droite en entrant », m'a averti le veilleur de nuit. Je pénètre dans la pièce indiquée et me trouve dans une chambre exiguë, aussi blanche que la façade. Elle pourrait servir de cellule à un moine, tant elle est dépouillée : un lit de fer, un placard de bois blanc, un portemanteau vissé derrière la lourde, point à la ligne.

Au mur, deux photos jaunies sur lesquelles les mouches d'une flopée de saison s'en sont donné à cul-joie. La première représente une jeune belle étrangement belle, d'une élégance d'avant-guerre et qui ressemble à la toujours regrettée reine Astrid de Belgique, décédée accidentellement à la fleur de l'âge. La seconde montre Adolf Hitler soi-même passant des troupes en revue. Au premier rang d'icelle, est un jeune officier, au bras tendu (sémaphore et fais reluire), on a tracé une croix au-dessus de son kibour, bien le signaler à l'attention générale (je devrais plutôt dire caporale, étant donné la présence du Führer).

Pas d'erreur : il s'agit bien de mon veilleur de nuit. Mais jeune, mais blond, plein de feu et d'ambition, galvanisé par une énergie à toute épreuve et qui les aura sans doute toutes connues.

Je me désappe en un tournebroche (pourquoi l'éternel tournemain ?) Et, nu comme un verre à pied, me coule dans le plumard, sans me demander si on a changé les draps ce morninge.

Dors, ô San-Antonio valeureux. Abandonne-toi dans l'infini du sommeil. Glisse sur la barque du rêve à travers les flots berceurs du subconscient. Tu as bien mérité de l'apatride (je cause du veilleur allemand). Qu'un repos miséricordoba estompe ta fatigue et te guérisse pour un moment de la difficulté d'être.

Ainsi me dis-je.

Ainsi fis-je.

*
* *

Il se produisit un bruit léger. Un bruit qui n'était pas menaçant et qui pourtant m'éveilla.

Je sursautis et me dressas sur mon océan.

Me frottis les yeux, les eyes, les mirettes, les lampions, les falots, les châsses, les carreaux, les vasistas (de l'allemand *was ist da*s). Et j'eus (de paume du serment du), en pleine rétine, la vision dont à laquelle je m'attendais le moins. Vision fabuleuse, enrichissante, absolue. Aussitôt je me sentis l'âme et la bite en fête.

J'éprouvassis de la joie jusqu'en mes recoins encore inexplorés parce que mal praticables. Ce fut intense et heureux. Surprenant, surtout. Et il n'est rien de plus exaltant en ce monde qu'une bonne surprise.

Attends, je vais te dire, laisse que je me gratte un peu l'arrière du crâne, faciliter l'émission.

Une fille, bien entendu. Très belle, slave de ver à soie : qu'est-ce que je débloque, moi ! Tu te rends compte si je suis permuté. Cela va de soi, voulais-je dire. La photo de la reine Astrid. Celle du mur. Cette personne ou presque. Elle porte un plateau avec du café et des petits pains accompagnés de beurre de cacahuète.

Je remonte le drap à la hauteur de mon nombril.

— Bonjour, me fait-elle gravement.

— Quelle merveilleuse apparition ! j'extasie. Laissez-moi deviner : vous êtes la fille de mon hôte et de la jolie dame qu'on voit ici sur cette photo, non ?

— Si. Mais je vous en conjure, ne riez pas !

— Et pourquoi donc ?

— Parce que c'est jour sans rire aujourd'hui, en l'honneur du martyre de Paulo Dargeo, le compagnon de combat du président, dont c'est aujourd'hui l'anniversaire de la mort. Si quelqu'un est pris en flagrant délit de rire, il est immédiatement jeté en prison pour un an, jusqu'au prochain anniversaire.

— J'espère que vous ne me dénoncerez pas ? j'ajoute en continuant de sourire.

— Il est préférable que vous vous entraîniez à ne pas sourire, assure-t-elle.

Elle dépose le plateau sur mes jambes et j'espère qu'il ne sera pas renversé par la chouette tornade en bois de viande qui se prépare sous mon drap, à la santé de cette pouliche.

— Votre papa est rentré ?

— Depuis une heure, il dort dans mon lit.

— C'est un chic type, lancé-je.

Elle acquiesce.

— Mon prénom est Antoine, et vous ?

— Hildegarde.

Je souris derechef, malgré l'interdit de ce jour.

Des Hildegarde, j'en ai connu, tu penses. T'es pas romancier populaire sans t'être cogné des Hildegarde, des Barbara, des Carola et autres Vanessa, la fonction oblige. Tu ne me vois pas embourber une flamboyante héroïne, mystérieuse de partout, blonde jusqu'à la chaglatte, qui se prénommerait tout simplement Andrée ou Ernestine. On me prendrait pas au sérieux. Faut pas chahuter avec les conventions. Ils veulent bien que j'outrage le vocabulaire, que je jongle avec les mots salés, que je grimpe sans relâche au cul comme les pioupious de 14 grimpaient en ligne ; mais le folklore, c'est sacré. No touche ! En avant le régiment des Maud, Eva, Philippa, Carolina, Marilyn ; suce aux Katia, aux Ingrid. Vive le mois de July !

— Votre maman est morte ? questionné-je en montrant l'image.

— Non : elle vit aux U.S.A. avec un musicien qu'elle a connu à Bravissimo. Un amour tardif. Elle avait déjà près de cinquante ans. Et puis elle nous a quittés. Mon père en est mort.

Je comprends ce qu'elle entend par là. Je revois la gueule du vieux nazoche. C'est vrai qu'il est canné, le gus. Il aura presque tout paumé : son idéal, sa Bochie et sa Frida. Lui reste heureusement sa fifille. Et Dieu qu'elle est belle.

— Vous aimez ce pays ?

— J'y suis née.

— Et ce régime vous convient ?

— Mon père a eu sa vie gâchée par la politique, alors je préfère penser à autre chose.

— A l'amour ? j'hasarde. (Pas con, le mec, toujours à l'avant-pointe de son zob, lequel réclame toujours, et toujours davantage.)

— A cause de mon père je ne puis guère y songer, répond Hildegarde, si je le quittais à mon tour, il mourrait pour de bon.

Tout naturellement, elle s'assoit au bout du lit. Elle porte une petite robe grise, sans histoire. Elle a la peau dorée, elle est blonde, plutôt blonde. Ses yeux ont la couleur changeante de la mer, leur tonalité se modifie selon les déplacements de la jeune fille dans la pièce, et sans doute, également, selon ses pensées.

— Vous avez un emploi ?

— Je travaille comme secrétaire au gouvernement, ma situation n'est pas mauvaise grâce à ma connaissance des langues étrangères. J'en parle huit, dont le russe.

Je la complimente d'une inclinaison de tête. Pour

ne rien te cacher, j'ai fait tilt, *in petto*, en apprenant la nature de son boulot.

— Vous fréquentez donc le palais présidentiel ?

— Dans sa partie administrative, oui.

— Avez-vous l'occasion d'approcher le président ?

— L'approcher est une façon de parler, disons que je l'aperçois.

— Puis-je vous demander ce que vous pensez de cet homme ?

Elle se rembrunit, ce qui est regrettable pour une blonde, et se lève avec vivacité.

— Je n'ai rien à penser, il est le président de ce pays, je travaille pour lui.

Je dépose deux sucres (de canne) dans mon caoua.

— Oh, merde, murmuré-je en français, y a vraiment des gens incorrigibles. Un Hitler, ça ne leur aura donc pas suffi, il leur faut la paire !

J'oublie qu'elle parle huit langues, Hildegarde. Si le français ne figurait pas parmi elles, ce serait à désespérer de notre chère culture gaulienne. Donc, elle a entendu mes paroles amères. Elle a tressailli. Son regard s'assombrit. La voici qui me fixe d'un drôle d'air indéfinissable. Est-elle hostile, bienveillante ? Qui peut le dire ?

Alors, bon, il faut que je fasse quelque chose. Je vide ma tasse de café odorant et « fruité ». Dépose le plateau sur le plancher sans tomber du lit, ce qui constitue une sorte de petit exploit dans le genre, étant donné la hauteur de ce dernier.

Libéré de cette légère entrave, je tends ma main large ouverte à la jeune fille.

Elle reste immobile, debout, les bras le long du corps, continuant de me contempler comme tu regardes un film à la téloche.

— On ne refuse pas une main tendue, dis-je doucement.

Alors elle me présente la sienne. Nos deux paumes s'opposent, nos doigts s'entremêlent. Irrésistiblement, je la tire vers moi. Je l'attire vers moi.

Elle se laisse aller. Se laisse hâler. Sa tête est contre la mienne. Je presse sa poitrine pour mieux sentir son souffle.

Et on demeure ainsi, un long moment, sans bouger, sans parler, pareils à un couple d'humains qui viennent de se rencontrer et de se reconnaître.

Et tu penses, toi, homme de peu de foi, de trop de foie. Oui, je le sais bien, tu penses que je profite de cette minute capiteuse pour passer aux exercices conventionnels. Toi, dégueu comme un goret lubrique, te voilà à saliver, et à mijoter des coups bas. Tu te dis : nature, ce con va lui filer la paluche au valseur, en loucedé, pour lui jouer « Le destin frappe à ta porte » ; elle va pâmer aussi sec (si l'on ose exprimer de la sorte) et roucouler de ces choses bien jolies que les gonzesses entonnent sitôt que tu leur siffles un coup franc indirect. Simultanément, continues-tu de songer, il y va à la galoche extatique. La toute belle pelle princière patronnée par Fluocaril. Quand la mousmé commence à transer, il la laisse donner libre cours à sa respiration pour lui biberonner les roberts au cours de sa descente vers Saint-Jacques de Compostelle. T'en as qui raffolent, d'autres qu'indiffèrent. Les loloches c'est selon, question de tempérament, le mammaire est sur option seulement, facultatif, comme la peinture métallisée pour les chignoles. Mais t'as intérêt à y souscrire, car celles qu'aiment ça l'aiment vraiment. Et toi, bel apôtre salingue, toujours en pleine libido, mouilleur intrinsèque, bandeur sous nappe, branleur sous cape, toi, tu te dis : l'Antonio continue de lui faire la bébête qui descend. Une lichemouille sur le mignon nombril par esprit d'à-propos, ça n'engage à rien et ça ne mange pas de pain. Et puis alors, c'est l'arrivée superbe dans la Vallée des Délices. La croquemidoune savante, avec ses préalables, ses avertissements, ses investigations de reconnaissance. Bien établir ses positions. Reconnaître les lieux, les recoiffer de la menteuse ; jamais se lancer dans le bouche-à-bouche fougueux, mais assurer sa tête de pont avant la décarade frénétique.

Et tu me vois, avec des cuisses en guise d'écouteurs sur les manettes, le nez oblique pour assurer la survie du mec, en train de lui chanter en auvergnat dans le delco, puis de poursuivre par la tyrolienne à haute fréquence. Et tout, et tout, je te connais, vieux pas de vice, si sournois du kangourou, mon drôle, qui bande à part, mine de rien, en lisant *La Croix* ou *La Bannière* après avoir pratiqué un orifice dans le baveux. Tu comptes les coups, pas vrai ? Tu te dis encore : là, il l'interrompt de la minette pour passer au calçage épique. Saumur ! Il l'encadre noir.

Le pageot ronronne. Bon, et brusquement, il quitte mam'zelle net, la privant à outrance, pour lui faire tourner le dargif du côté de Montmartre. Je cherche fortune autour du chanoine ! (Je te l'ai déjà dite, mais c'est toujours bon ; si on t'interdisait les répétitions, tézigue, ça fait des décades que tu moufterais plus, pauvre nœud !). Avoue que tu me supposes en train de lui expliquer le coup du centaure réversible ? Bicéphale (ô bil). L'entrée de Jehanne of Arc à Reims, drivant cette pomme de Charles VII. L'emmenant sacrer comme une grande sœur emmène son petit frelot chez le merlan pour lui faire couper les douilles. Le côté : « Vous allez me sacrer le petit et veillez à ne pas lui foutre de saint-chrème dans les yeux, il a de la conjonctivite ». Hue, mon beau palefroi qui n'a pas froid aux châsses ! Oui, tout ça tu le projettes dans ta cervelette débile (Buffalo). Eh bien, laisse-moi te dire que tu te gourres à ne plus savoir où le mettre !

Rarement, que dis-je : rarissimement il m'est arrivé de presser sur ma poitrine une gonzesse splendide et ne pas aller au fade. J'ai beau chercher, les exemples antérieurs ne me viennent pas en mémoire. Mais là, franchement, le phénomène se produit. Non que je n'aie pas envie de me l'octroyer, mais un sentiment confus me retient, fait de timidité, de scrupules, de je ne sais quoi encore de véry émotionnel.

Alors je lui parle. Ça vient sans préméditation. Des mots-fleurs, de ceux qu'on offre comme tu cueilles les coquelicots d'un champ pour les tendre à ta belle et qui, par la grâce de l'instant, deviennent plus précieux que des orchidées. Oui, des mots pour chanter sans musique. Des mots qui ne s'enchaînent pas parce que chacun d'eux se suffit à lui-même. Je lui dis la douceur infinie de ce moment d'inconnu. Elle que je ne savais pas une heure plus tôt et qui est là. Elle, qu'on est venu de très loin concevoir ici. Et puis moi… Et cette chambre de vieil homme presque mort, plus somptueuse que tous les palais d'Arabie. Et le miracle de son abandon spontané. Mais je ne la toucherai pas plus loin. Ne l'embrasserai pas. Cet instant est trop beau pour en engendrer d'autres. Il faut le conserver tel qu'il est venu par ma main tendue. Et je dis je ne sais plus quoi et elle répond par le plus merveilleux des silences.

Du temps s'écoule encore. Jusqu'à ce qu'on entende défiler cette merderie de troupe dans l'avenue de la Revolución, musique en tête, pas cadencé. La force en marche. La gloriole. Le charme est rompu. Elle se redresse, s'écarte de moi. Elle a des larmes dans ses étoiles. « Merci, balbutie-t-elle, jamais je n'avais vécu ça ».

Et malgré que ce soit jour sans rire au San Bravo, elle me sourit. Tu ne peux pas comprendre…

La musique grossit. Papoum papoum. Cuivres et cymbales. Elle commence à diminuer d'intensité.

— Avez-vous écouté la radio, ce matin ? demandé-je.

— Oui.

— Rien de particulier ?

— Rien.

Quelque chose me tarabuste la gamberge : le président Chiraco devrait être infiniment clamsé. A moins qu'il n'ait une seconde fois renoncé à mes drôles de guerrières blondes, ce maniaque.

— Vous travaillez aujourd'hui, Hildegarde ?

— Bien sûr.

— Vous ne pourriez pas essayer de savoir ce qu'est devenue une grosse femme déguisée en folle de Chaillot qui était demeurée dans l'intimité du président et qu'il aurait, m'a-t-on dit, fait embastiller ?

Elle hoche la tête.

— Je sais effectivement qu'il l'a fait jeter en prison, et pas dans n'importe laquelle : dans sa prison personnelle où seul Kilébo Kantibez, son secrétaire, a accès.

Je frémis.

— Où se trouve cet aimable endroit ?

— Derrière le palais. C'est une construction récente, au fond du parc. Elle est surveillée en permanence par une section de la garde de cuivre, la garde privée du président. Les geôliers sont sourds-muets et analphabètes afin qu'ils ne puissent pas communiquer avec leurs pensionnaires. Il s'agit de vraies brutes sanguinaires qui font peur à tout le monde. La prison ne comporte qu'une seule ouverture, qu'encadrent deux mitrailleuses. C'est un véritable fortin de béton que des bouches d'aération alimentent en oxygène.

Je réprime une grimace d'hépatique en crise.

— Et vous dites que seul son secrétaire a le droit d'y pénétrer ?

— Uniquement lui.

— Vous le fréquentez ?

Elle a un frisson authentique.

— Oh mon Dieu, non, heureusement, c'est un être effroyable.

— Un jeune type étriqué, habillé de noir, avec de grosses lèvres grises et des dents jaunes ?

— Vous le connaissez donc ?

— J'ai eu une conversation avec lui, en effet.

Je réfléchis un petit bout de moment et je murmure :

— Hildegarde, il va falloir que je fasse sortir la grosse femme de cette prison !

— C'est impossible, me répond-elle, à moi, Français !

CHAPITRE ONZE

DANS LEQUEL LA VIE M'APPORTE UNE DÉCEPTION GROSSE COMME ÇA

Je passe ma matinée à écouter la radio.

Beaucoup de marches militaires, de zizique folklorique, de chants nationaux, le tout saupoudré d'informations tendancieuses et de professions de foi pour célébrer la personne et les grands mérites de Tiago Chiraco. Ce sont des odes, des prières, des cris de liesse. En plein taratata, voilà une voix qui hurle : « Dieu protège à jamais notre indispensable et vénéré président, garant des institutions, puits de sagesse, père du peuple, abonné au gaz, fils aîné de la sainte église catholique apostolique san bravienne ! » Et t'as des chœurs enregistrés qui répondent en canon (naturellement) : Dieu LE protège ! C'est charmant, un poil émouvant, et ça te donne envie d'adhérer au système décimal. Les bulletins se succèdent sans apporter la nouvelle que j'attends. On dit comme ça que le Vénéré est en mer pour inspecter la défense côtière du San Bravo et qu'il va rentrer en fin de journée. C'est tout.

Vers midi, le papa d'Hildegarde se lève. Il vient toquer à ma lourde.

— Heil Hitler ! me dit-il aimablement en ponctuant du salut nazi.

— Heil vous-même, lui réponds-je.

Il se trouble.

— Pardonnez-moi, il s'agit d'une vieille tradition.

— Vous êtes tout excusé, si on ne rigolait pas un jour comme aujourd'hui !

— A ce propos, vous savez que c'est la journée sans rire ? me prévient-il.

— Hildegarde m'en a informé. Vous avez une fille exquise, Herr Veilleur-de-Nuit.

— Mon nom est Erwin Von Mammel.

— Je vous suis infiniment reconnaissant de votre hospitalité, cher ami. Vous prenez de gros risques en m'hébergeant.

Il hoche la tête pour signifier qu'il les accepte d'un cœur léger.

— La police est revenue sur le matin, à l'hôtel, il est bien que vous n'y soyez pas resté… J'ignore ce que vous leur avez fait, mais ils paraissent très décidés à vous mettre la main dessus. Vous aurez du mal à quitter le pays.

— Avec l'aide de la Providence, peut-être y parviendrai-je…

Le gars Erwin paraît se voûter. Sa tête s'incline et il soupire :

— La Providence est morte dans un bunker, à Berlin, en mai 45.

— Dites, vous me paraissez drôlement fanatisé,

sans vouloir vous vexer. Vous l'aimiez tant que ça, votre Adolf ?

Herr Mammel se flanque au garde-à-lui :

— Le plus grand homme de l'Histoire ! s'écrie-t-il. Une personnalité immense. Immense ! Il a fait trembler le monde.

— Et puis il l'a eu dans le baba, objecté-je.

— Was, baba ! Nein, baba ! s'emporte Erwin. Il a gagné ! Chaque année qui passe nous prouve qu'il a gagné. Sa chute était un épisode de sa réussite. Il restera à tout jamais parmi nous !

Il joint ses mains, regarde le ciel où une vilaine araignée plus velue que Mme Tito est en train de tisser.

Bon, je vais pas lui bricoler son Führer à ce vieux grognard du nazisme. Il est embaumé dans son admiration pour le Charlot de Munich et rien, aucun argument, aucune démonstration ne saurait l'en arracher. Dans un sens, c'est fortifiant d'être cramponné à un idéal. Ça doit aider à vivre, non ?

— Dites-moi, cher Mammel, il va falloir que je vaque à mes occupations. Pour cela un déguisement me serait nécessaire.

— Hum, hum, répond-il, ce qui n'est pas engageant. Vous êtes si différent des gens d'ici et il y a, ici, si peu de gens d'ailleurs que je ne crois guère aux déguisements, en ce qui vous concerne… Attendez au moins la nuit pour sortir, en plein jour vous n'avez aucune chance de faire cent pas.

Là-dessus, il prépare la bouffe.

*
* *

Bon, d'accord, je suis plutôt du genre svelte, pourtant, à mon avis, elle devait être plutôt mastarde, la reine Astrid à Erwin, pour que je puisse passer ses robes. M'est avis que la photo de la chambre remonte aux calendriers grecs, comme dit Béru. L'époque diaphane, ça n'a qu'un temps chez les frangines. L'évanescence, c'est drôlement fugace, crois-moi. Quand elles sont sorties de leurs rêveries adolescentes pour prendre du chibre, les chères compagnes, et qu'elles travaillent des meules à la perfection, elles découvrent les nourritures terrestres ! Alors, se mettent à faire le plein par en haut. Tu les vois dilater des loloches, s'élargir du tour de taille, dodufier des miches, contracter des bourrelets perfidiques. L'épanouissement, qu'on appelle ça dans les bréviaires ! Note que j'ai rien contre. J'aime plutôt bien brosser dans le solide. Les tiges d'orchidées je t'en fais cadeau. Faut que tu disposes de matière première, là comme en tout. Un orifice avec juste son étui, c'est pas joyce, je préfère presque une savonneuse.

Pour t'en revenir, la dame Mammel, elle a dû découvrir la choucroute dans le mariage, et tout de suite après, les haricots noirs san braviens. Ses formes se sont formées puis déformées. En sus, elle était grande. Bref, sa robe à fleurs, tu sais, la bleue que ça représente des volubilis ? Eh bien, j'ai le regret de t'annoncer qu'elle me sied, mon pote. Et tu verrais ton Sana en traveloche, t'aurais un coup à l'aorte et dans sa périphérie ! Je me farde consciencieusement.

Toute la panoplie : bleu aux mirettes, noir aux cils, rose à joues, rouge à lèvres, ocre aux pommettes. Tu croirais Marlène Dietrich au temps des cerises, en moins bêcheur, parce que même déguisé je reste simple.

Je noue un foulard sur ma tête, à la mode des gonzesses de par ici. Y a que les tatanes qui ne me vont pas. Elles enflent, mais pas des pinceaux, les mégères, sauf quand elles se traînent vers la ligne d'arrivée et qu'elles commencent à aborder les problèmes cardiaques qui ont fait clamser leurs vieux depuis des lurettes.

— Qu'en dites-vous, Herr Mammel ?

— C'est troublant, assure l'Allemand, on jurerait une femme.

Et il ajoute avec une mélancolie si profonde qu'il ne faudrait pas laisser des enfants s'en approcher de trop près :

— Je ne pensais pas que cette robe aurait encore l'occasion d'être portée.

Son regard hitlérien devient fixe, ce qui est la façon de s'embuer des regards hitlériens. Alors, compatissant, je lui mets la main sur l'épaule.

— Votre fille vous accorde un avenir, herr ami.

— Je sais. Elle est si pure, si innocente. J'ai voulu la préserver de toute souillure. J'espère qu'un jour elle rencontrera un homme digne d'intérêt, aux idées nobles.

— J'en suis persuadé, car c'est un être noble et poétique. Là-dessus, il me reste à vous remercier pour votre aide. Sans doute m'avez-vous sauvé la vie.

En aparté, je me dis que ça doit être peu de chose, ma vie sauvée, comparé aux vies qu'il a dû supprimer.

On se serre la main, il ne peut s'empêcher de me filer un petit « Heil Hitler » à bout portant, manière d'accomplir son petit kanter vespéral.

En route, Santantonio, l'Aventure t'attend.

Ou tonton.

*
* *

La nuit est tombée, sans bruit ni crier gare.

J'enquille une venelle aux fragrances javellisées à cause d'une patrouille de flics déambulatoires. Tu vas m'objecter que ça n'est pas une soluce d'esquiver les bourdilles, et que si ma déguisance est bonne, je peux au contraire les affronter la tête haute ; pourtant l'homme en rupture de siège a de ces réactions spontanées. Pas le temps d'analyser, de réfléchir. Des poulets droit devant ? Ho, virage sur l'aile.

J'emprunte donc cette venelle. La rends lorsque j'atteins son autre extrémité, hésite, ne sachant où je dois aller. Je suis sans projet, mais dispose d'énergie, ce qui est essentiel. Il vaut mieux ne pas savoir quoi faire et être capable de le faire que l'inverse. Je me trouve au cœur d'un quartier pittoresque, composé de petites maisons basses. On aperçoit beaucoup de femmes sur les seuils et je me demande si le quartier en question ne serait pas réservé. Quelques secondes d'examen m'indiquent que probablement oui, car des bonshommes déambulent comme au marché, en reluquant les dames. Parfois, l'un d'eux aborde l'une d'elles. Brève converse et les deux s'engouffrent dans la petite maison.

J'en suis très exactement là de ma conclusion lorsqu'une voix graillonneuse m'interpelle (à tarte) :

— Tu prends combien, ma jolie ?

Je regarde à qui appartient cette voix et ma surprise est vive de reconnaître le gros mec qui m'a proposé la casquette-message l'autre jour sur la plage.

Le dénommé Alonzo Alonzi, plongeur d'élite dans une brasserie de la capitale. Le chéri vient tirer sa mignonne crampette hebdomadaire chez les dames pétasses.

— Pas aujourd'hui, fais-je d'un air horrifié, c'est un jour sacré, le jour du sans-rire !

— On peut baiser sans se marrer, objecte cet homme de bien, avec quelque pertinence, que, moi qui te cause, l'ami, moi qui te déconne à longueur de vie, j'ai su un mec qui pleurait en broutant le frifri d'une fille. Qui pleurait d'amour pour elle, en pleine dégustation de tarte aux poils, comme dit l'Audiard. Qui pleurait la bouche pleine, enfoui dans les profondeurs de celle qu'il bouffait, pleurait de détresse à cause de l'instant qui ne tarderait pas à finir ; pleurait aux perspectives de la vie salopeuse qui l'attendait sur le pas de la porte pour l'emmener dans l'emmouscaillage général ; qui pleurait dans un corps adoré toutes les larmes du sien ; pleurait dans ses délices, l'ami, pleurait dans des jouissances les plus pures larmes de son existence ; pleurait comme je te pleure d'en parler, l'ami, et se sentait grandi par sa peine d'un tel moment, par ce grand mérite unique et magistral de chialer dans une chatte en émoi. Et que personne n'y peut rien, ceux qui comprennent pas davantage que ceux qui ne comprennent pas, parce que c'est ainsi, la beauté du monde : des larmes sur un cul bouffé. Et merci mon Dieu d'avoir permis cela. Car là est Votre vraie grandeur, mon Dieu : sexe et cœur confondus, foutre et larmes mélangés. Là est votre gloire de l'homme. Et vous n'aurez même pas un mot à dire pour qu'il soit sauvé, celui-là qui aura pleuré de misère en faisant minette. Pleuré tout en bandant. Seigneur, pleuré en tyroliant un clitoris épanoui. Quelle prière a pu jamais vous toucher davantage, Seigneur ? Répondez ! Répondez-moi : je suis dans l'annuaire.

Alonzo me défrime avec insistance. Sa remarque n'espérait pas de réponse. Il me regarde en accomplissant un effort mnémonique (amenez Monique !). Visiblement, je lui « dis » quelque chose.

— On s'est déjà vus, assure-t-il brusquement, je suis déjà monté avec toi, ma grande ?

— C'est possible, réponds-je pour m'en débarrasser, tout en réprimant un grand frisson d'effroi. Salut, à un de ces soirs !

Et je m'apprête à continuer mon chemin de nulle part, lorsqu'il me saisit par le bras.

— Attends, écoute.

Mais il oublie ce qu'il voulait me dire. Il palpe mes biscotos d'athlète et bégaie :

— T'es un homme !

— Tous les goûts sont dans la nature, grand fou ! éludé-je.

Là-dessus, je m'arrache. Il me course.

— Hé ! Amigo !

Tu parles d'un obstiné, ce gros con, il risque de me pulvériser la cabane.

— Quoi ?

— J'ai jamais essayé avec un gars, me dit-il en baissant le ton, je voudrais me rendre compte...

— Revenez demain !

— Demain je ne serai pas libre, c'est tout de suite que je veux !

— Je vous ai déjà répondu qu'il n'en était pas question aujourd'hui.

Le gros lard visqueux prend soudain une expression sardonique. Son excitation le rend fumier comme un mâle insatisfait.

— Tu sais que ton petit boulot est formellement interdit par la loi et qu'il est puni de mort ?

Merde ! J'aurais dû m'en gaffer. Les régimes comme celui du vénéré président Tiago Chiraco s'appuient toujours sur des tabous. Ils martyrisent des minorités pour donner bonne conscience à la majorité. La grande aubaine reste les juifs. Les nègres, maintenant, ils n'osent plus, depuis que ces cons prolifèrent, qu'ils sont licenciés et commencent à savoir se servir de Migs ou de Mirages. Pour les zhomos aussi ça se tasse, sauf encore dans des patelins rétros, comme le San Bravo.

— Ecoute, mon beau chéri, lui roucoulé-je, je ne

saurais pas où t'emmener car, pour te dire la vérité, ma vieille mère, sa sœur infirme et mon petit frère viennent de débarquer dans mon studio de travail ; tu ne nous vois pas faisant des galipettes devant eux ?

Le vilain porcelet me montre une maison rose, à une jetée de capote anglaise de nous.

— Viens par ici, c'est chez la pute que je me tape habituellement, on rigolera.

— Ecoute, Chouchou…

Il a de la mousse aux lèvres, ce gros tendeur. Le regard en pleine globulation.

— Si tu ne viens pas, j'appelle un flic. C'est pas dur : il suffit de crier « police » et il en sort de partout !

— Méchant !

— Viens !

On ne pourrait neutraliser sa flamme qu'à grand renfort de seaux d'eau froide. Je le suis donc, me promettant de lui faire sa fête sitôt que nous nous trouverons dans un lieu adéquat et concomitant.

Il pousse une porte dans la façade rose praline de la crèche. On se trouve en présence d'un escadrin, tout comme chez mon pote le nazi, car, au San Bravo, le rez-de-chaussée n'existe pas et les maisons commencent à partir du premier étage.

Parvenu au sommet des seize marches de pierre, il actionne le heurtoir d'une deuxième lourde.

Qui s'ouvre.

Une fille fardée comme les très anciens habitants du pays, je te cause d'avant Colomb, et sobrement vêtue d'un peignoir en voile arachnéen (le voile qui fait se voiler la face) surgit dans l'encadrement.

— Tiens, c'est toi, Alonzo ! dit-elle morneplainement. Mais tu es avec une fille !

— Je veux une séance de gala, annonce Alonzi. Rassure-toi, j'ai de l'argent.

— Alors si tu as de l'argent, vous êtes les bienvenus, fait la fille.

Elle s'efface pour nous laisser entrer.

Et mon sang, au lieu de ne faire qu'un tour, se met à geler. Il stoppe dans mes veines comme l'eau dans les canaux de Bruges l'hiver qu'il a fait si froid, si froid que le zizi du Manneken Pis lui est resté dans la main, le pauvre chou !

J'ose à peine le dire tellement c'est bas.

La pute…

La pute dont Alonzo Alonzi est l'habitué fervent n'est autre que la chaste Hildegarde Von Mammel.

T'aimes ?

CHAPITRE DOUZE

DANS LEQUEL
ÇA DEVIENT CATASTROPHIQUE

Elle ne m'a pas pris garde, dans la foulée de notre venue. Ce qui me frappe, c'est son air résigné, cet air de profond ennui qu'ont à peu près toutes les prostituées. Un confus désir de se trouver ailleurs sans avoir la force de s'y rendre. Elle se loue à un tarif donné. Et c'est pas marrant, ni frivole, ni rien d'autre que vaguement écœurant. Faut subir en essayant de n'y pas penser. Les mecs viennent se déverser à la décharge publique. Elle leur facilite la manœuvre. Ils l'appellent « mon amour » en coïtant, elle répond « oui, oui, c'est ça, » d'une voix morne. Pas les contrarier. Pas leur couper l'envol. Plus vite ils accèdent au panard, plus rapidement ils cliquent leurs claques.

— Dis donc, t'as touché le gros lot de la loterie ? elle s'informe, pour te permettre des fantaisies pareilles, gros polisson.

Je l'écoute, la regarde. Se peut-il ? Cette nana si pure du matin, assise au bord de mon lit. Et son souffle ensuite contre mon cou. Elle m'a remercié de ne pas l'avoir culbutée. Sincère ? Ça correspondait à quoi ?

Le gros Alonzo hoche la tête et froisse des billets dans la poche de son pantalon, douce musique. Il les chauffe près de ses testicules. La prime de l'autre jour. Il l'use pour son bonheur intime. Son droit. Un célibataire, faut qu'il se consacre à son plaisir. Il n'a que lui à aimer, à choyer. Il accomplit un devoir en se chouchoutant. Il se penche sur les autres en se penchant sur lui-même.

— Oui, dit-il, j'ai palpé le gros lot.

— Et où as-tu pêché cette fille ? demande Hildegarde en se tournant vers moi.

Elle demeure indécise, troublée. Probablement par les vêtements qu'elle reconnaît. Les bonnes femmes, elles ont l'œil question chiftir. Pas une guenille, un colifichet qui échappe à leur esprit d'observation.

— Cette fille, ricane le gros plongeur, comme tu vas le voir, c'est une drôle de fille.

Et à moi :

— Montre comme t'es une drôle de fille, chérie !

— Volontiers, réponds-je.

J'opère une demi-rotation et lui plante mes cinq doigts repliés à l'endroit où j'estime que se trouve son menton.

Alonzi pousse un cri cocasse. Il fait un truc dans le genre de « Brouhafff », sorte d'aboiement de saint-bernard dans le brouillard de haute montagne. Ses gros yeux deviennent un peu plus gros encore et il descend regarder dans ses souliers s'il y est.

La chère Hildegarde n'a pas bronché.

J'ôte mon fichu. Elle me reconnaît en plein.

Je ne dis pas une broque. Avisant un fauteuil en faux acajou recouvert de fausse peluche, je m'y dépose sans cesser de la contempler. On aperçoit ses seins à travers le voile futile. Superbes. Elle va à un petit meuble con qui s'enorgueillit toutefois d'une bouteille de whisky, elle emplit deux verres, m'en apporte un. Nous buvons, toujours silencieusement. Si nous nous taisons, c'est uniquement parce que nous ne trouvons rien à nous dire. La scène suave de ce matin rend cet instant abracadabrant, comprends-tu ? On pourrait se virguler du « Vous z'ici, comment se peut-ce ? » ou du « Si je m'attendais... ». Mais non, ça ne vient pas. Le hasard m'a conduit dans son studio à tapiner. Je constate que Fraülein Von Mammel fait le tapin. C'est très abasourdissant au premier degré. On s'y fait. L'homme a le rare privilège de tout admettre, ce n'est qu'une simple question de temps. Or, le temps, t'as pas besoin d'aller à sa recherche (sauf le perdu), il se pointe tout seul.

— Vous prenez combien, sans indiscrétion ? je demande avec la timidité d'un collégien qui en a marre de s'échauffer la bielle.

Elle murmure, d'une voix blanche :

— Dix chiracos.

— C'est donné.

Je sors mon fric de sous mes cotillons, en extrais un talbin de dix pions et le dépose sur la table basse.

— Tu viens, môme ?

Elle se lève, ôte son déshabillé qui la déshabillait

déjà bien amplement. Et bibi relève ses jupes. Drôle de situation, un peu scabreuse, pour cinéma Dard et décès, comme dit le Bertrand Poirot-Delpech lorsqu'il s'amuse à me voltiger au-dessus de la prose.

La belle Hildegarde est allongée sur son plume, le compas à 45 degrés. Me v'là revenu à mon époque adolescente, quand j'allais grimper des prostiputes chez la mère Poupin, cette bonne grosse, si gentille, qui demandait toujours, pendant que tu limais, si tu ne connaissais pas « quelqu'un dans le cinoche » pour pistonner sa fille qui voulait « faire » actrice. Pendant que tu te polissais le chinetoque, au lavabo, après la séance, elle te brandissait la photo du sujet, une espèce de boudin congelé, dans les tons blafards, grevé du regard le plus con du monde, que même les yeux d'un hareng saur paraissaient pétillants de malice en comparaison[1].

Et me voilà à tirer ma guêtre, gentiment, à la papa, que dis-je : à la grand-papa. Le coup pépère, te dis-je, de l'expert-comptable en goguette. Assez sobre. Je lime posément. C'est la lonche évacuatrice, sans fignolage. Hildegarde compte les mouches au plaftard, ainsi qu'il sied à une dame de petite vertu pendant qu'elle assouvit le bijoutier du boulevard Glandu. Et cette embroque tristounette s'éternise. Qu'à la fin, j'en ai classe, m'expatrie de ma partenaire et, poussé par je ne sais quel perfide démon, la gifle à deux reprises.

Tu assisterais à la scène, moi en dame, agenouillé

1. Le sémaphore, c'est ma force, et la métaphore également.

entre les cannes mirifiques de cette petite. Elle, dont le regard s'emplit de larmes because mon aller-retour pour Giroflée. Notre silence encore. Et tout ce qu'on se dit par la pensée.

— Il me faut de l'argent pour pouvoir quitter ce pays, me dit-elle tout de même, en guise d'explication.

— Vous travaillez « aussi » au palais ?

— Oui, mais c'est à peine suffisant pour vivre.

— Cette occupation officielle vous sert en somme de couverture ?

Elle opine.

— Votre père n'est pas au courant ?

— Ah ! non.

C'est le vrai vieux cornard, Erwin. Sur toute la ligne. Sans doute, après ces bizarreries nous mettrions-nous à conversater, mais la porte éclate. Je vois pas d'autres qualificatifs plus judicieux. Elle était close, peinarde. Et en un éclair elle pend, disloquée, sur un seul gond (celui du bas).

Deux policiers en uniforme se ruent dans notre turne, pistolet au poing.

— Personne ne bouge ! crie celui qui prend la parole.

Car enfin, ça pourrait être l'autre qui dise ça.

Nous nous immobilisons, à l'exception du plongeur, lequel se trouvant dans les vapes n'a pas réalisé la situation et, en sortant inopinément – ce qui est ridicule de sa part – tente de se dresser. Deux balles tirées à bout portant le recouchent pour l'éternité. Pauvre cher homme, victime de sa salinguerie congénitale ! Ah ! sexe, sexe, que de conneries ne nous fais-tu pas commettre ! Je vois moi, mais le moment n'est point de les évoquer, on en aurait pour des jours et les nuits qui vont avec.

Alors, donc, tu m'imagines, en gonzesse, jupaille troussée, avec mon aubergine des Karpates encore dodelinante, devant cette délicate jeune femme grande ouverte comme les portes d'un magasin à grande surface un jour de solde généralisé ?

— Ha, ha ! s'écrie le flic causeur (ces bêtes-là, c'est comme chez les perroquets, t'as ceux qui parlent et ceux qui se pendent par le bec aux barreaux de leur perchoir) ; ha, ha ! on ne nous a pas menti, il s'agit bien d'une partouze ! Dissolution des mœurs ! Article 69 de la Constitution ! Prison à vie ! Et quoi ! que vis-je ! Mais cette femme est un homme ! Le cas est aggravé. Ça va chercher la mort à vie, oui ! Bonne prise, n'est-ce pas, Tétubar ? Passe-leur les menottes. Ensuite, va chercher la voiture. Et vous deux, les misérables perdus dans le péché, je vous conseille de cacher vos horribles nudités si vous ne voulez pas que je tire dessus pour outrage à agent !

Oh, que cette période de notre existence est donc sombre. Comme elle débouche sur une absence de futur impressionnante ! Les régimes comme celui de Chiraco ont, entre autres supports, la délation. Ils ne tiendraient pas sans cette surveillance de chacun par tout le monde. Le peuple chiasseux est l'auxiliaire number ouane du régime qu'il abhorre.

Sans son lâche concours, aucun tyran ne saurait

se maintenir. L'homme est le geôlier de l'homme. Ainsi donc, des pommes de la rue nous ont vus pénétrer chez Hildegarde et ont alerté les bourdilles. Achtung ! Y a probabilité de partouzette au 13 de la rue du Bigorneau Vadrouilleur. Vite !

Et ainsi, à cause d'un fumelard de basse moralité, nous voici arrêtés.

— Poignets ! me demande le menotteur.

Docile, je lui présente mes deux mains, mais au moment où il va verrouiller les poucettes, je remonte mon genou droit dans sa musette à couilles, ce avec tant de brio qu'il hurle de douleur. Je le rebuffe alors dans les bras de son pote, et les deux choient. Et moi je saute à pieds joints dans le tas. Et coup de talon dans le gueule de celui-ci, shoot dans le temporal à celui-là. Danse frénétique sur les deux poitrines. Impossible de bien te détailler l'action : elle est si prompte. Ce qui importe, c'est qu'ils cessent très vite de nous être nuisibles. Les voyant out, je dévêts celui dont la taille correspond le mieux à la mienne. Après quoi, je bâillonne et ligote ces deux comiques sur le lit d'Hildegarde. Puis me harnache.

Pendant ce temps, tu me croiras si je veux, mais ma camarade s'est fringuée en civil. Elle met, dans un sac, les bijoux et autres objets auxquels elle tient.

— On y va ? je lui demande.

Elle me regarde.

— Vous feriez peut-être bien de vous démaquiller avant de sortir, me conseille la chère petite. Un flic comme vous, c'est terriblement comique, or nous sommes le jour du sans-rire.

*
* *

La sortie de l'immeuble s'opère parfaitement. Bien raide, avec mes lunettes-miroirs sur le pif, je tiens la môme Hilde par une aile et je fais vraiment poulardin venant d'emballer une prostipute. De quoi satisfaire ses potesses ricanantes, du moins celle qui l'a balancée.

On va ainsi jusqu'au coin de la rue. On en prend une autre. Et alors, bon très bien, je commence à me demander ce qu'on va foutre de la sorte.

— Il faut absolument que vous quittiez le pays, vous et votre père, lui dis-je :

— Jamais papa ne me suivra !

— Si, annoncez-lui que la police m'a arrêté et me torture, que vous devez partir par mesure de sécurité. Entrevoyez-vous un moyen de fuir ? Vous avez bien dû y songer puisque vous formiez ce projet ?

— Eh bien, je connais un type qui habite près du port… Le patron d'un petit cargo assurant le trafic entre le San Bravo et le Chinchilla. Il fait partie de ma… clientèle. Il veut m'épouser. Il m'a toujours promis de me faire passer à l'étranger le jour où je me déciderai.

— Alors foncez chez ce gars, ma chérie. Promettez-lui la lune s'il en a envie et barrez-vous, l'air va devenir malsain pour vous et votre vieux nazi avant pas longtemps.

— Et vous ? demande-t-elle d'un ton que je trouve passionné, mais tu sais, on se fait des berlues avec les gonzesses, bien souvent, et on a tendance à leur prêter les sentiments qui leur manquent. N'empêche que sa question me touche. Elle a du cran, cette nana.

— Ne vous inquiétez pas, réponds-je, je possède une bonne étoile et la manière de m'en servir. Et puis, comme l'on dit chez nous : les cas désespérés sont les cas les plus beaux. Nous sommes orfèvres en cas désespérés, les Français. Allez, filez au coin de la prochaine. Je ne vous embrasse pas parce que ça surprendrait de la part d'un flic, mais le cœur y est.

On arpente un peu de ruban, en silence, nous n'avons plus rien à nous dire, ou alors ce serait trop long.

Juste avant de me quitter, Hildegarde murmure :

— L'homme que je vais aller voir se nomme Quito Doblo, et son bateau, c'est le *Tortilla*, je lui parlerai de vous afin qu'il vous aide si besoin est. Adieu.

Soudain, elle a cessé d'être à mon côté.

Je continue ma route, d'un pas décidé, exactement comme si je savais où je vais.

CHAPITRE TREIZE

DANS LEQUEL TOUT EST PERDU FORS L'HONNEUR

Or, je suis bien obligé de t'admettre – puisqu'on ne se cache rien – que j'ignore où je vais et, plus encore, ce que je vais y faire.

Me voici, en ce pays où je suis hors-la-loi, portant l'uniforme du flic que j'ai estourbi, errant d'un air préoccupé à la recherche d'une bonne idée.

En somme, quel est mon objectif? Délivrer mes bonnes femmes, Berthe surtout, et filer en leur gracieuse compagnie sous des cieux plus cléments.

Or, Berthe est embastillée dans un fortin inexpugnable. Mes trois frivoles naviguent à bord d'un yacht où elles ont probablement fait défunter le président Chiraco. Alors ?

Tout en arpentant le macadam de Bravissimo, je sens qu'une mélancolie diffuse m'envahit doucement. Je pense à Hildegarde, cette étrange créature, ange tapineur, fille de vertu déchue qui possède l'âme d'une vierge et le frifri d'une catin.

Ce matin, elle était un être de lumière. Ce soir, je l'ai trouvée dans le rôle ingrat d'une découilleuse.

Nos destins se seront croisés en vitesse, dommage, j'aurais aimé en savoir davantage sur elle. Ils vont encore clamer partout que je la raconte ainsi par misogynie, qu'en fait, j'ai la secrète haine des bonnes femmes, moi, l'Antonio. Toujours à les décrire belles et bien baisantes pour, très vite, les abjecter honteusement, les transformer en vil paillasson, mes déesses : en triste objet d'assouvissement, mon Dieu quelle horreur insoutenable ! C'est ainsi avec bibi : la profanation des fumelles. Hanté par la femme-souillure, l'apôtre, mais qu'est-ce ça cache donc, une telle marotte, docteur ? Vous qu'êtes psychonœud ? Avouez qu'il est pas normal, purulent de complexes absolument hideux, le monstre ? Il se complaît, hein ? Reconnaissez qu'il se complaît, cet endoffé de frais ! Ça cache quoi t'est-ce ? Dites, entre nous et la gare Saint-Lazare, il aurait pas été cocu dans des vies antérieures, pour ainsi balancer l'anathème et ses dérivés sur nos chères compagnes ? On distingue mal d'autres explicances. Y a de la revancherie dans cette attitude, docteur. Une rancune éternelle qu'il perpétuera jusqu'à son suprême soupir, c'est couru. On sent un être à toujours jamais déçu, brisé par le naufrage d'un idéal. Sa soif d'absolu qu'a pas été étanchée, voilà la vérité, monsieur le professeur Duchenock. Il vivait de belles certitudes. Et puis un jour il en a pris plein sa belle gueule, votre Sana. Et alors il s'est mis à crawler dans des rancœurs poisseuses. Depuis, il incube. Il a l'âme pleine de boutons ; et ça le démange. La peau d'âme, quand elle connaît des éruptions, c'est plus infernal que du vitriol sur des hémorroïdes.

Le propre du marcheur, c'est de mettre un pied devant l'autre. En multipliant l'opération, il se déplace, comprends-tu. Cet exercice banal devient dès lors le mode de locomotion le plus naturel qui soit.

Ayant marché un bon bout, je m'aperçois que le hasard – à moins qu'il ne s'agisse de mon subconscient ? – m'a drivé vers le palais présidentiel, lieu géographique de mes préoccupations.

Je ne suis plus qu'à quelques centaines de mètres des grilles aux piques dorées. Je distingue l'animation militaire alentour : les soldats, les officiers, les armes. J'entends claquer l'étalon, cliqueter les machines, ronronner les moteurs. Les officiers aboient comme toujours dans l'armée où les ordres sont donnés en berger allemand ou en dobermann.

Je stoppe à un carrefour. Un convoi de chars ultramodernes, rachetés à la Bolivie qui les avait achetés au Pérou, qui les avais acquis de l'Italie en 1928, et repeints en rose praline, un convoi de ces délicats engins, dis-je, passe le long du palais, stoppant la circulation provisoirement.

« Viva, viva ! » crient les badauds dans le crépuscule.

Faut dire que c'est de toute beauté, ces bustes militaires émergeant de la tourelle. Tu croirais des encriers avec un bouchon figurant une moitié d'humain. Une cohorte d'encriers, foutument identiques, et plus encore les soldats que les chars.

« Viva, viva ! »

C'est alors que le destin entre en scène. Sur la scène de mon théâtre privé où il m'arrive de me donner parfois des représentations de gala.

Une voiture officielle, arrivant par l'Avenue de la *Revolución du Salut* (c'est écrit dessus) stoppe pour laisser passer les machines de guerre (et surtout de naguère). Il s'agit d'une bonne grosse vieille Cadillac noire, portant sur les ailes avant le fanion du San Bravo, et dont le pare-brise s'orne du macaron traditionnel. Elle est pilotée par un militaire, mais, à l'arrière, se trouve tu sais qui ? Pince-moi : je rêvasse ! Le secrétaire extrêmement privé de Chiraco, cette horrible petite guenille de Kilébo Kantibez. L'homoncule se tient lové sur la vaste banquette qui pourrait presque lui servir de lit. Il a un volumineux dossier entre les salsifis et, au lieu d'extasier devant le défiler des chars, il le compulse attentivement.

Moi, San-Tantonio, le frénétique (on m'appelle Frénétique d'art dans les milieux motorisés), voilà que j'agis sans réfléchir. C'est comme un vertige. Je prends du recul pour me regarder faire. Et je songe : « Mais il est fou, ce mec. C'est suicidaire, un tel comportement. Il lui prend quoi, à ce dément commissaire ? »

Je marche à la voiture noire. Ouvre la portière arrière, m'installe délibérément auprès du crevard aux dents jaunes. Il en suffoque, le bléchard.

Me regarde sans me reconnaître, biscotto, l'uniforme, les lunettes miroitantes, tout ça.

Je porte sur mon dos une mâle assurance. Un

homme déterminé en vaut mille. En vaut cinquante-deux millions, même, parfois, je me suis laissé dire.

Le chauffeur se retourne.

— Qu'est-ce que vous faites ? il me demande.

— Du stop, mon chéri, je rétorque. Avoue que mes bagages ne sont pas encombrants ?

Et je lui montre mon feu. Il porte alors la main vers sa boîte à gants.

— Eh ! l'ami ! l'interpellé-je, vous n'allez pas mourir à votre volant, à la fleur de l'âge.

Là-dessus, le convoi de chars en a fini de déferler.

— Allez, hue ! intimé-je, fouette cocher.

— Je vous reconnais, me dit Kilébo Kantibez.

— Moi aussi, on est quittes.

— A quoi rime cette attaque ? il insiste ; qu'espérez-vous donc ?

— Délivrer la grosse brave femme que votre patron a fait incarcérer, mon cher secrétaire aux affaires étranges, vous savez, cette truie déguisée en sorcière de Walt Disney ?

Il fronce le nez.

— Et ensuite ?

— Récupérer également les trois femmes qui, présentement, se trouvent à bord du yacht présidentiel. A ce propos, avez-vous des nouvelles du président ?

— Naturellement, je demeure en contact permanent avec sa majesté présidentielle.

— Elle se porte bien ?

— Parfaitement bien, je vous remercie.

Son regard ne frémit pas. Je veux bien que nous

sommes le sans-rire day, jusqu'à minuit, mais je ne puis m'empêcher d'admirer son self-contrôle.

L'auto s'est remise en marche et avance sur le palais. Des officiers s'empressent.

— Pas un mot à ces messieurs, recommendé-je, sinon je vous tire huit balles dans le ventre, c'est ce que contient présentement mon chargeur. J'ai remarqué que ça part tout seul, ces gadgets. Vous allez contourner le bâtiment et vous diriger vers les prisons, au fond du parc. Je sais que vous seul avez le droit d'y pénétrer, monsieur Kantibez. Vous ferez une entorse aux traditions en m'y faisant entrer avec vous. Dites à votre chauffeur de nous escorter également, car je ne puis me permettre de le laisser à l'extérieur. Tout doit bien se passer, j'ai horreur des infusions de sang (comme dit un ami à moi). Calme et dignité, telle est la consigne. Ainsi tout le monde se portera bien.

Kilébo confirme mes instructions au chauffeur. Alors voilà qu'on tourne autour du majestueux palais de sa majesté le président. Derrière, t'as d'abord une roseraie immense. Ensuite des tennis bien entretenus. Et puis le parc, riche d'essences peu communes dont je ne te dresserai pas la liste, vu qu'on ne fait que passer, tu comprends ? Mais tu peux la trouver dans le Guide Bleu du San Bravo, à la page 110, c'est écrit en italique. Des jardiniers et des militaires s'activent. Les jardiniers taillent et ratissent. Les militaires graissent les jolies mitrailleuses enrubannées de feuillages qui sont disséminées sur les pelouses et d'autres dans les arbres pour faire plus joli.

On longe le mur des fusillés privés du président, là qu'il vient personnellement mitrailler des insurgés pour s'entretenir la main à la pâte.

Et puis on parvient à une construction basse et massive, sans fenêtres, sans angles, car elle est de forme arrondie. Une porte rébarbative et des armes, des troufions pour la garder.

Je continue de me regarder agir, de m'écouter parler, sans chercher à dissiper ce sentiment de profonde admiration que je me porte, non sans raison d'ailleurs, parce que, franchement, faut les avoir grosses comme des citrouilles pour oser ce que j'ose, n'est-il pas ? Risquer un coup pareil, à moins d'être bourré à la clé, ni Bayard, ni Duguesclin, et pas plus Turenne ne se le seraient permis, moi je te le dis. C'est dément.

Bon, je continue, pas attendre que sèche la sueur de tes angoisses, mon pauvre chouchou.

Les gardiens du sépulcre-geôle se mettent en position déférente lorsque Kilébo Kantibez sort de la Cadillac. Le général-portier s'empresse de délourder. Moi, le plus turellement du monde, je tiens mon pistoloche à la main, le canon dressé contre mon épaule, en admirable garde du corps prêt à toute intervention.

Et nous pénétrons dans le fortin.

Le moins qu'on en puisse dire est qu'il n'est pas très grand.

Il se compose d'une espèce de sas dont le fond est muni d'énormes grilles. Une douzaine de matons, baraqués comme des transformateurs électriques, s'y tiennent, sans parler, étant donné leur sourde-muettance. Il y a des râteliers garnis d'armes automatiques contre le mur. Plus un lance-roquettes sur pivot pour apostropher les détenus en cas de mutinerie. Mais attends, la génialité de cette prison, je vais te dire, elle réside dans le fait que toutes les parois des cellules sont en verre. Tu piges la signifiance de la chose ? Y a un couloir central, bon. Avec six cellules à gauche et six cellules à droite. Or, du fait que tous les murs sont transparents, tu peux regarder jusqu'au fond de la prison et mater tous les détenus en même temps. Génial, non ? Comme surveillance, y a rien de plus efficace. Ainsi, au premier regard j'aperçois Berthe, sur la gauche. Elle est sur le siège des toilettes et règle des problèmes d'ordre intestinal.

Juste en face d'elle, se trouvent deux prisonniers dans la même cage de verre. Détail étrange : ils sont masqués. Mais quand je te dis masqués, il ne s'agit pas d'un loup de velours. Oh ! que non. Tous deux ont la tête prise dans une espèce de casque muni d'un heaume pour leur permettre de s'alimenter.

Les geôliers sourds-muets s'inclinent bien bas devant Kilébo. Ce dernier fait un signe et le préposé aux clés ouvre la grille accédant au couloir. Nous entrons.

Parcourons quelques pas.

Depuis son siège de faïence, l'aimable Berthe nous regarde arriver sans cesser de s'efforcer. Faut dire qu'elle ne m'a pas reconnu, sous ma défroque de flic.

Kilébo stoppe.

— Continuons jusque là-bas, enjoins-je en montrant dame Béru.

Il reste immobile.

— Essayez donc de presser la détente de votre pistolet, me conseille-t-il.

Son regard est plus vicelard que celui d'un serpent regardant déambuler une souris blanche autour de lui.

— Pourquoi tirerais-je tant que tout se passe bien, mon cher ? objecté-je.

Seulement le cœur n'y est pas, car je devine, à sa jubilation mal contenue, qu'il y a un sac de nœuds, soudain, dans mon équipée.

— Depuis que nous avons franchi cette grille, nous nous trouvons en milieu glomifugé, m'explique-t-il. Il est impossible de se servir d'une arme à feu car il se produit automatiquement un carcérage biclunex des métaux et un pistolet, par exemple, ne peut plus fonctionner.

Par acquit de conscience, j'essaie d'actionner la détente, mais, effectivement, mon feu n'est plus qu'un morceau d'acier inutile.

Kantibez fait un grand geste du bras. Illico, les gardes-chiourme se jettent sur moi et me neutralisent.

Triste journée, décidément.

Vraiment, il n'y a pas de quoi rire en effet !

CHAPITRE TREIZE ET DEMI

DANS LEQUEL IL S'EN PASSE DE SEVERÔS

— Vous serait-il agréable d'être enfermé en compagnie de votre plantureuse amie ? me demande Kilébo Kantibez avec une affabilité déroutante.

— On a toujours quelque plaisir à pouvoir parler sa langue maternelle lorsqu'on séjourne dans un pays de cons, réponds-je, moins civilement.

Il montre un ordre (les autres étant sourds, il n'exprime ses volontés que par gestes), que l'on me boulcarde avec la Bérurière de si noble style.

Elle a fini de déféquer et me regarde entrer avec, sous sa moustache ombreuse, un sourire qui ne tient pas compte des impératifs nationaux du San Bravo.

— De la compagnie ! s'exclame la chère femme. Et un bel homme de surcroive ! Est-ce que dou you parlave français ?

En guise de réponse, j'ôte mes lunettes et mon kibour.

— Seigneur ! Rêve-je ? fait l'excellente personne. Vous z'ici. Mais comment se fait-ce ?

— Je suis venu avec l'intention délibérée de vous

arracher à cette prison, ma bonne Berthe, mais l'homme propose et les San Braviens disposent.

— On ne peut pas toujours réussir, fait l'optimiste femme. Il arrive qu'on l'aye dans le cul, mon cher Sana; tracassez-vous pas pour ça. Comme on dit puis chez nous : l'intention vole l'action.

Je prends place sur le lit de fer number two.

— Parlez-moi de vos tribulations, soupiré-je.

Elle hoche sa tête de sous-maîtresse au chômedu.

— Dieu merci, je n'en ai pas; un peu d'hémorroïdes comme tout le monde et quéqu'tracasseries à la véhicule dont à cause de leur nourriture de prison qu'est infèque.

— Alors, douce amie, racontez-moi ce qui vous est arrivé pour que l'on vous jette ainsi dans ce cul-de-basse-fosse.

Ma compagne d'incarcération (congrue) lève en direction du Tout-Puissant ses gigots super-potelés.

— Vot' président Trucmuche, merci bien, causez-moi z'en plus! Ah! l'ordure! V'savez, l'aut'jour, qu'il a éjecté nos trois p'tites copines? Il disait, comme quoi, c'était moi qui lui portais z'aux sens, lui donnais d'l'émoi et patate « i », et patate « a », comme quoi y bandait pour ma personne, et qu'j'lu réalisais l'idéal, tout bien; de la jactance à n'en plus finir, quoi. Les hommes, sauf vot' respecte, commissaire, c'est tout tartine et consort. Ça cause, ça cause, même en vous bouffant la chatte. Y sont pires que nous, pourtant réputées parleuses, mais qui disent qu' des choses sensées, j'vous prille d'admett'. Bon, on reste ensemble. L'président Chiraco, v's'avez eu l'occasion d'juger, il est plutôt bel homme, non ? Grand, bien découpé, un porc de tête, un regard profond malgré, ou à cause, d'ses lunettes. Assez suffisamment mon genre, soye dit ent' nous et en l'absence de mon Béru. Si vous voudrez bien adjoind' à ces qualités physiques d'hautes qualités morales, parmi lesquelles un zob plus qu'honorab' et une paire de roustons qui lu permettraient jamais d'se faire passer pour Jacques Chazot, vous conviendrez, cher ami, que j'me sentisse plutôt flattée qu'il m'eusse t'eu choisie. Alors, moi, j'me dis ceci : « Ma Berthy, t'v'là en terre étrangère, sélectionnée par le président d'la République d'un pays qui peut z'être utile au tien, tu t'dois, ma fille, tu t'dois. » Donc, me devant, je me donne. J'veux pas passer pour plus qu'j'sus, Santantonio. Et, voiliez-vous, j'ai toujours déploré qu'nous n'fissions jamais l'amour, moi z'et vous, ne serait-il été qu'une fois, en camarades, qu'vous eussiez une idée d'mes capacités en la matière. Car, franchement, sans vouloir m'vanter, j'peux passer pro du jour au lendemain. J'possède les qualités requises. Toutes les combines et positions, j'les connais, mon cher commissaire. Çui qui voudrait m'faire découvrir du neuf, faut qu'il va se lever matin. Quand on a eu notre ami Alfred, le coiffeur, pour ami de la famille, on a fait l'tour complet d'la question. C't un terrib', Alfred. D'origine italienne, j'vous précise. Ces gens-là, on aura beau dire, beau faire, y z'ont du vitriol dans l'sang. Généralement, y sont ardents, mais manquent d'inventeries. Pas Alfred ! Il est de mère française, j'rectifie. Elle y a apporté l'goût des salingueries. Mais je m'étale, escusez-moi. Pour v's'en reviendre au président, j'le démarre av'c déterminance. « Faut qu'tu vas vaincre, Berthy ! » je m'exonérais. Qu'il en râle de bonheur, ce con. Qu'il voye un peu, la France au plumard, à quoi qu'é ressemb'. Et v'là qu'j'lu entreprends ma série des « D'moiselles d'Avignon », pour débuter, en guise d'amuse-gueule, feuille d'rose, tout simp'ment. Y a pas besoin d'chercher midi à quatorze z'heures, moi j'prétends. Toujours rester dans l'classique, Santonio. Mais attention : le classique fignolé. D'ailleurs ça s'bâcle pas, ces choses-là. Pourquoi qu'v's avez des hommes qui baisent t'encore leur bonne femme ? Parce que les putes bâclent, cherchez pas plus loin. Y z'arrivent, les hommes, à préférer une légitime qui prend goût au truc, même si ell' serait pas d'la première fraîcheur, à une périésthétricienne qui traite l'amour par-dessus la jambe. Et y z'ont raison ! Donc, m'v'là partie dans ma feuille de rose délicate. Un vrai velours, mon cher ! Le printemps en Andalousie ! Je m'consacre toute, les yeux fermés. C'tait beau comme une chanson de Dalida. J'y mettais la même fervance que c'te grande cantatrice quand elle vous interprète *Bambino* à s'en faire loucher, la chérie, et qu'on sent, à la voir ainsi crispée, l'à quel point c'est du vécu c'qu'é chante. Des tranches de vie, quoi, faut savoir reconnaître. Des cas d'conscience, vous remarquerez, Dalida, ses chansons. Elles vont loin, pour quéqu'un qui sait réfléchir. J'vous prends Bambino, parce que c't'indéniable, mais y a les autres. Tenez : Tchi-Tchi l'Amor, merde, quand on écoute ent' les lignes, hein ? Arrêtez-moi si vous s'riez pas d'accord. J'étais donc là, à l'arrière du président, lu f'sant une feuille de rose comme jamais, lorsqu'au bout d'un moment, y t'm'entre dans une fureur, mais une fureur, mon pauvre ami, à s'en faire éclater l'ognon. Me fout' un coup d'talon dans l'faciès. M'crache su' les seins. M'engueule en espagnol. Et y fait un tel boucan, il égosille tante et si fort qu'son secrétaire, le p'tit crevard en noir qu'était z'avec vous à l'instant, survient. L'président baisse un peu le ton, mais continue de jacter à toute allure, cette vitesse d'hydrocution, mon pauvre ! J'ai idée qu'l'espagnol est une langue qui favorise, question débit : on en met plus dans une phrase. J'peux me tromper, notez ; moi, en fait de langues, c'est les langues fourrées, ma spécialité, commissaire. N'empêche que je peux avoir mon sentiment sur la question. C'est une langue bruyante, l'espago. Pas autant qu'le boche, certes, qui bat tous les records, mais pis que le français, en tout cas. Quand on s'chamaille avec Béru et qui s'met à m'traiter de charogne et de grosse vache pourrie qui doit t'aller s'faire fourrer par une betterave, c'est pas le même tabac du tout. Ça reste courtois. L'français est une langue mondaine, faut bien insister là-dessus : mon-daine ! On peut tout s'dire en français sans outrepasser. Mais ce grand malotru, le foin qu'y f'sait, Seigneur ! Pour un président d'la République, à la vôtre vous parlez d'une éducation, le frère ! Qu'à la fin, j'm'emporte. « Non, mais, j'lu fais, déménagez vos espressions, président, on n'a pas gardé les dindons de la farce ensemble, j'vous prille !

Merde, j'sus là, venue des antipotes, à vous faire feuille de rose de mon mieux qu'est beaucoup mieux que le mieux d'n'importe laquelle de vos pétasses, et l'remerciement c't'un coup d'pompe dans la gueule ! Et des bieurlements d'putois à te me faire saigner les tympans ! Et d'causer, ça m'attise, vous savez ce que c'est, Santonio ? On parlote, on s'monte. « J'en ai rien à branler d'vot' trou du cul, président ! j'lu envoie carrément. C'qu'j'en f'sais c'était uniquement par délicatesse, mais vot ognon, merde, c'est pas la cuisse de Gulliver. En tout cas, j'peux vous dire d'une chose, c'est que si mon homme eusse été là, tout président qu'vous soiliez, en assistant à votre coup d'talon en plein milieu de ma feuille de rose, y vous condamnait à la purée à vie. V's'auriez jamais plus assisté à un banquet sans vot' moulinette. » Et alors lui, commissaire, vous savez pas ? Y s'met à m'pisser dessus. J'en ai été mélusine. Jamais, de mon existence, commissaire, on n'm'a manqué d'respect à ce point. C't'à ce moment que j'ai perdu tout contrôle de mon self. J'ai ôté un d'mes souliers et j'y ai balancé un grand coup d'talon su'le crâne. Ça y a déchiré l'cuir échevelé et y s'est mis à pisser le sang. C'qu'a suivi, c'est plus racontab'. L'escrétaire a appelé des soldats, on m'a roué le vif que j'ai des bleus partout, et même des violets. Et puis amenée z'ici. Telle est toute l'histoire, commissaire. Croyez-vous pas qu'nous dussions téléphoner au consul de France, lu demander d'arranger les bidons ?

— Ce serait une bonne idée, ma chère amie,

réponds-je, seulement je n'ai pas de jeton de taxiphone sur moi.

*
* *

Et la nuit passe après un repas médiocre composé de chènevis cuit à l'eau. Nuit cruelle, car jamais les lumières ne baissent dans cette geôle de verre. Nous y sommes comme dans une vitrine d'exposition.

Les geôliers ne font rien d'autre que de nous surveiller. Pas de brèmes, de journaux, de bavardages (et pour cause, encore que rien n'est plus bavard qu'un sourd-muet). Ils se relaient toutes les heures et restent immobiles à nous contempler, Berthe, les deux masques de fer et moi.

— Savez-vous qui sont ces gens ? demandé-je à ma chère Bérurière, en lui désignant nos mystérieux compagnons d'infortune.

Elle hausse les épaules.

— Comment t'est-ce j'saurais, av'c ce qu'y z'ont sur la tronche ?

On a fini par s'endormir, d'un sommeil tortueux, en pointillé, riche en cauchemars effroyables. Berthe m'a proposé une bonne manière pour m'aider à trouver le repos, mais j'ai refusé, alléguant que je ne me sentirais pas au mieux de ma forme sous les yeux des vilains géants qui nous surveillent.

Elle a soupiré.

— Mon cher Antonio, vous et moi, c'sera toujours un manque dans ma vie sentimentale. Deux amis comme nous, qu'ait rien entre, je déplore. Ne serait-ce t'été qu'une petite pipe affectueuse. J'vous cacherai pas qu'en partant pour ce voyage, j'avais une idée de derrière la chatte. J'me disais : voilà l'occasion tunique. Et puis, décidément non. Causez-moi franchement, commissaire : serait-ce qu'je serais pas votre genre ?

— Grand Dieu, chère Berthe, qu'allez-vous imaginer là ? Seulement vous êtes l'épouse de mon meilleur ami et je refrène l'appel des sens dans un cas pareil.

— Eh bien vous avez tort, bougonne la rombière, si on ne baiserait pas les femmes de ses amis, l'amitié ressemblerait plus à grand-chose.

Là-dessus, elle s'endort, incomblée, ronflante, énorme monticule de sommeil bercé par des nostalgies organiques.

Et moi je rêvasse. Que sont les trois sœurs devenues ? Et l'étrange Hildegarde avec son papa nazi ?

Un bruit, du bruit, m'arrache à la torpulence dans laquelle je baigne.

J'allume mes loupiotes personnelles et je vois entrer le secrétaire crevard, escorté de deux officiers. Il fait des ordres aux gardes-chiourme, lesquels viennent chercher nos voisins de détention, les deux mecs de fer masqué. S'agit-il d'une exécution matinale ? Ma montre parle de cinq heures of the morninge. Ça me paraît un peu tôt.

Tout le monde se retire et je me pelotonne, la tête dans le creux de mon coude.

A cinq plombes, dans notre pavillon de Saint-Cloud, Félicie s'éveille. C'est son heure, car elle roupille peu, M'man. Elle se retient de se lever afin de ne pas gêner le sommeil des autres. Elle demeure un grand moment dans son lit, couchée sur le dos, bien à plat. Moi, je ne sais pas dormir sur le dos, y a que les natures infiniment chastes, comme ma vieille, qui peuvent. Des êtres confiants, donc qui ont la conscience à l'horizontale. M'man est toujours posée de la sorte dans son lit d'innocence. Un gros chapelet à grains noirs est accroché au-dessus de sa tête, à côté de la photo de papa qui le représente en militaire. Oui : elle s'éveille, ma Félicie. Elle pense à moi. Se demande où je suis, ce que je fais. Et tout naturellement, elle se met à prier, parce que, je vais te dire : ma bonne étoile proverbiale, c'est elle, la chère veilleuse, qui sans relâche parle de moi à qui peut quelque chose pour moi.

Confusément rassuré, je me rendors.

Et des bruits encore.

Cette fois, les officiers qui escortaient Kilébo Kantibez ramènent un des deux hommes masqués.

Qu'a-t-on fait de l'autre ? Kaput ?

Le silence revient. Le détenu réintégré se couche. Il dort assis à cause de son masque. Maintenant, il est six plombes et demie. Félicie s'est levée et prépare son premier café dans la vieille cafetière de fer émaillé, dont les motifs bleus représentent des cerises. Des cerises bleues… Depuis mon plus jeune âge je les ai dans ma rétine. M'man se fait plus d'un litre de café à la fois. Elle laisse la cafetière sur un coin du fourneau et, toute la matinée, de temps à autre, s'en sert une tasse dont elle avale le contenu à petites gorgées gourmandes, sans y avoir mis de sucre. Je lui ai acheté des cafetières électriques, à ma Félicie. Et même un percolateur rital pour confectionner des expressos. Elle les utilise une semaine, par politesse, ostensiblement. Et puis un beau matin, ces ustensiles modernes disparaissent et la vieille cafetière retrouve sa place au bord du fourneau.

Je hume l'odeur du café. C'est inouï, l'autosuggestion, la force mentale que ça crée.

Je regarde pioncer la mère Bérurier. Elle remue les lèvres en dormant, comme si elle bouffait. Elle doit rêver qu'elle clape, cette bonne ogresse. Manger, c'est leur apostolat, les Béru, mâle et fumelle. Leur raison d'être bienheureuse. Tout se résume à ça. Tout est basé dessus : leur mystique, leur philosophie, leurs espoirs avoués et cachés, leur devenir. Il faudrait que pour eux, les vitraux des cathédrales représentent des choucroutes garnies, des gigots à la broche, des poulardes sur lit de pommes de terre.

Encore le bruit, qui va finir par me devenir familier, de la porte qu'on déverrouille. Dans cette crypte, les pas ont une sorte de réverbération, comme quand on marche sans se retenir dans un temple vide.

C'est Kilébo et ses sbires habituels. Ils sont galonnés jusqu'à l'oigne, les péones du petit crevard. Mais lui, le seul de l'entourage du président, se complaît dans ses costumes de deuil. C'est un cloporte. Les cloportes n'ont pas le goût des chamarrures. Ils ressemblent à la nuit au sein des chamarrures. Ils ressemblent à la nuit au sein de laquelle ils mènent leur vie vénéneuse. C'est un vénéneux, Kantibez. C'est du poison hautement concentré. Le misérable dans son aboutissement le plus total.

Il arrive devant notre cellule. Tiens, ce matin, il rit. C'est vrai que le jour sans rire est fini. Les gens qui l'escortent pénètrent dans notre geôle, et leur intrusion réveille dame Berthe, laquelle louffe un grand coup pour les accueillir.

On me passe des menottes aux poignets, d'autres aux chevilles et l'on m'entraîne à l'extérieur. Bon, sans doute ma dernière heure s'apprête-t-elle à sonner au beffroi du destin, comme l'écrit si joliment Jean-François Revel dans Bérénice.

Dehors, le grand soleil rayonne à plein chapeau. La vraie fiesta de lumière. Nous contournons la prison. Surprise : derrière est un enclos (comme dirait Ninon) tendu de toile à rayures bleues et blanches. Une estrade s'élève contre l'un des pans de toile. Sur cette estrade, l'est un magistral fauteuil, et dans ce fauteuil, Tiago Chiraco soi-même, sublime dans un uniforme blanc à épaulettes d'or de président de la République san bravienne. Il a l'air rogue derrière ses lunettes à l'épaisse monture. Il paraît un peu absent, comme un zigman qui a pris trop de somnifère (à repasser) pour dormir et qu'un bol de caoua n'a pas suffi à réveiller complètement.

Il se tient bien droit, statue impressionnante du pouvoir. Bon, je poursuis. Deux soldats armés de mitraillettes l'encadrent. Au milieu du terre-plein, trois trous ont été creusés. Pas des trous du genre tombes. Des trous circulaires et profonds. Je me demande à quelle intention on les a faits, et, comme s'il lisait dans mes pensées, Kilébo Kantibez répond à ma question.

— Approchez et penchez-vous sur ces fosses, monsieur !

— Je patoune comme je peux – avec des menottes aux chevilles, ce n'est guère fastoche – et m'avance jusqu'au premier orifice (le premier par rapport à ma position de départ, tout est relatif).

Un frémissement me flaouche la moelle pépinière dont cause Béru. Cette excavation est à demi pleine d'une matière grouillante, qui semble en ébullition. Des fourmis rouges !

J'ai pigé ! Félicie, ma chère chère vieille, tes prières sont donc demeurées sans effet, ce matin ? On va me flanquer dans ce trou et m'y laisser dévorer par ces horribles bestioles ! Ah ! misère humaine ! Ah, détresse infinie ! Chute de la matière organique, si mystérieusement venue sur cette planète, la seule habitée du système solaire, on le sait à présent. Et qu'au lieu de s'y répandre en action de grâces pour remercier la Providence de ce fabuleux et étrange présent, les hommes uniques que nous sommes s'y dépècent le corps et l'âme, les ingrats fumiers.

Je me tourne vers le secrétaire, goguenard. Ah ! le fétide personnage ! Ah, le monstre des ténèbres ! Sombre et étriqué, blafard, avec ses dents jaunes et pointues de vampire ignorant Gibbs, il prend son pied. La fleur de sa boutonnière, au lieu d'égayer son misérable costume, en accentue l'aspect funèbre.

— Je crois qu'il s'agit là de la pire des morts, me dit-il.

— Merci de me l'avoir réservée. Quels sont les deux autres élus ?

— Oh, vous êtes à côté de la question, commissaire San-Antonio.

Boum, il sait !

— On peut ! ajoute-t-il. Quand vous voudrez.

De l'autre côté du champ clos, le président lève la main.

— Amenez les condamnés, fait-il.

Et je commets, par ignorance, une faute d'orthographe dans ma phrase, que je rectifierai dans un instant.

En effet, très peu de temps s'écoule et une jeep pénètre sur le terrain de supplice. A l'avant deux militaires.

A l'arrière, ô désastre : les trois sœurs de ma funeste expédition. La faute, tu l'as déjà décelée, résidait dans l'absence de « e » muet au mot condamnés. Le président avait dit « condamnées » et moi, comme un gland, j'avais entendu « condamnés », faut être con, non ?

Les trois donzelles sont entièrement nues. Ligotées serré.

— Voyons, balbutié-je, vous ne pouvez pas infliger un tel supplice à ces filles. Ce serait… ce serait un sacrilège envers l'humanité.

Kilébo Kantibez me chope par le revers de mon uniforme.

— Ecoutez, commissaire, nous savons ce que ces filles sont venues faire ici. Nous savons qu'elles ont la mort dans leurs sexes, ces misérables truies. Il faut les anéantir et de la pire manière. Le président a hésité entre les fourmis rouges et la lampe à souder, s'il s'est résolu pour les fourmis, c'est qu'il veut qu'elles soient désagrégées lentement. Ce ne sont pas des femmes, mais des armes. On détruit les armes de ses ennemis.

Pendant qu'il causait, les deux soldats de la jeep ont amené chacune des filles devant un trou. Ils attendent un ordre ultime.

— Ecoutez, Kantibez, dites au président que je lui rachète la vie de ces malheureuses. Je me porte garant au nom du gouvernement français. Articulez un chiffre et il sera accepté.

— Nous avons d'autres sources de revenus que le rançonnement, riposte l'autre.

Et il va vers le président. Et il lui dit :

— Quand vous le voudrez, vénéré président !

Chiraco opine. Il est blafard, tézigue. Son café crème qui passe mal. Ce genre de spectacle, après les croissants du matin, faut reconnaître que c'est pas tonifiant.

Un hurlement monstrueux éclate dans l'air déjà surchauffé de cette matinée équestre[1]. La première des trois sœurs vient d'être plongée dans sa fosse, la tête la première.

Bien vite ses cris cessent car elle étouffe, la pauvre

1. Ça m'est venu tel que. Mais je suppose que j'ai dit que cette matinée était équestre parce qu'elle est à cheval entre la veille et le lendemain : comme quoi mon subconscient pense pour moi.

chérie. Mais le chant de l'horreur est repris par ses deux frangines.

Je lève mon visage vers le ciel pour ne plus regarder. Quelle imploration formuler ? Tout cela est plus qu'épouvantable, indicible ! La raison défaille. On voudrait bannir l'instant de l'histoire du temps.

Et c'est au tour de la deuxième. Par les pieds cette fois. Son visage fou émerge du trou. Figure de sorcière, soudain. Masque démoniaque qui n'est qu'un cri. Un cri qu'on regarde. Un cri matérialisé.

Je me détourne de cette vision super-infernale, merde, les mots me manquent, et quels néologismes tu voudrais créer en ce moment ! Y a plus de vocabulaire. Plus de langage. On ne parle plus : on hurle.

Je regarde le président Chiraco. Tu sais pas ? Il dégueule depuis son trône présidentiel, le cher homme. Faut le voir, l'entendre meugler ses « hug » d'Indien. Il retrouve les origines premières du San Bravo, l'ordure. Doit avoir un reste de sang apache dans les pipe-lines. La manière qu'il les pousse magistral, ses « hug », mon frère au visage pâle. Et il flaque copieux sur l'estrade, ce qui nuit tant soit peu à la pompe. Et je regarde son dégueulis. Et je parviens à ne plus penser, pendant dix secondes, aux trois filles, mes belles camarades d'équipée, déchiquetées menu, au grand mépris de leur beauté et de ce joyau de la nature qu'est leur triplage, en somme.

Leurs hurlements n'en finissent pas. Alors je me mets à leur crier :

— Ayez du courage, mes filles ! Ayez du courage !

Mais mon exhortation paraît si dérisoire en comparaison de l'effrayant supplice ! Si vaine !

Les affreux insectes mettent longtemps à les dévorer. Alors, moi, j'en peux plus, comprends-tu ? Je suis à bout. L'intolérable, quand il se produit, fait basculer la vie. Il me semble que je vais m'évanouir. M'évanouir vraiment, comme au temps de la marquise de Sévigné. Tomber dans les pommes, quoi. M'écroulaga.

Au lieu de ça, tu sais quoi ? Je tombe à genoux devant le tyran, l'odieux Tiago Chiraco.

— Gentil seigneur, imploré-je, père du peuple, raison de l'Etat, phare de la pensée, glaive de la justive, esprit souverain ; protecteur de tous, gloire de l'humanité, je t'en conjure, arrête cette chose affreuse qui te retourne l'estomac, à toi, pourtant si aguerri.

« O, homme de grande foi, au destin édifiant, résurrection des vertus ancestrales et télépathiques, arrosoir du génie, parade incomparable à toute constipation, flambeau de nos nuits, regarde de l'avenir, toi qui franchis le Rubicon comme la lune, fruit de l'espace cosmique, géniteur du salut universel, prends pitié et ordonne qu'on achève ces malheureuses. Mets fin à leur calvaire, de grâce. »

Et tout en gémissant, suppliant, exhortant, psalmodiant, je baise le bas du pantalon de Chiraco. Et Chiraco tente de me refuser les transports en piéticulant, ce que découvrant, l'un de ses gardes du corps se jette sur moi, tel que j'escomptais avec une infinie ferveur. Il m'empoigne par les cheveux.

Sa mitraillette accrochée à son cou pend entre nous. Je la saisis avec une adresse de singe et enfonce la détente. V'là que le gus a un entonnoir à la place de la tête. J'arrache l'arme. Je suis aveuglé par le sang du mec. Je place un bout de rafale dans la poire de l'autre soldat qui me met en joue. J'arrose ensuite les trois trous et les plaintes cessent enfin. Le silence qui suit est divin, pour cause, un supplice pareil : Dieu les accueille en direct, carte de V.I.P. céleste, tu penses. C'est du paradis bien gagné. Mon chargeur est à sec, j'ai perçu le clic clic signalant que le chargeur est parti sans laisser d'adresse. Qu'alors, unique dans mon genre, et mettant à profitrol la stupeur ambiante, je saute sur la seconde mitraillette. Plus une seconde à perdre. Cette fois, c'est messire Kantibez que je braque. Il croit sa dernière seconde arrivée et il se décompose de confiance. Les officiers qui l'escortent s'hâtent de faire les marionnettes avec leurs mains.

Nous sommes dans le champ clos, à l'abri frugal des toiles tendues. J'ai un court instant de répit pour réfléchir, mais pas le temps de me confectionner une potée auvergnate.

Comment vais-je développer la situasse ? Que veux-tu que je branle, ainsi entravé ? On ne trottine pas pour se sauver. Et puis, à l'extérieur, c'est plein de troupes en armes. Même en prenant Kantibez comme otage je n'irais pas loin. D'autant que ce fumier a dû se faire passablement d'ennemis à la cour, lesquels ne seraient pas fâchés de profiter de l'occase pour le liquider en même temps que mézigue.

Je recule un peu, de manière à me placer tout contre Tiago Chiraco. Celui-ci est le moins flambard de tous. Il joue « Nuit andalouse » avec ses croqueuses. Pour ma part, malgré que je tinsse la mitraillette, je lui arrache ses lunettes. Constate alors qu'elles sont très particulières, ainsi que je m'en gaffais depuis un instant.

Et mon parti pris s'opère.

Je n'ai qu'un moyen de m'en sortir : faire la révolution à moi tout seul. Ne pouvant neutraliser l'armée environnante. Je dois la gagner à ma cause. La partie de poker est d'une témérité insolente.

Néanmoins, je vais la jouer.

CHAPITRE TREIZE TROIS QUARTS

DANS LEQUEL LA VICTOIRE EN CHANTANT M'OUVRE LA BARRIÈRE

Kilébo Kantibez essaie d'affermir sa voix.

Sentant que je réfléchis, il se dit que le moment est venu de passer à la contre-attaque psychologique.

— Commissaire, arrêtez le massacre. Vous vous doutez bien que vous ne sortiriez pas vivant du palais. Nous allons conclure un accord, vous et moi. Vous cessez de mitrailler et je vous fais conduire à l'aéroport, vous et la grosse femme. Vous y prendrez un avion pour la destination de votre choix.

Je rigole.

— La garantie, c'est votre parole, bien entendu ?

— Nous vous accompagnerons, le président et moi, ainsi, jusqu'au moment de décoller, nous vous servirons d'otages.

— Seulement l'avion ne décollera pas !

— En ce cas, je… je demeurerai avec vous pendant le voyage.

Tu parles, Charles. Il y a une drôle de lueur dans ses yeux de sadique en manque. Ce qu'il veut, cézigue-pâte, c'est qu'on s'éloigne d'ici. Je sais pertinemment qu'otage ou non, il sait comment se défaire de moi avant que nous franchissions les grilles.

— Fort bien, réponds-je, en ce cas j'accepte. Mais j'y mets une condition.

— Laquelle ?

— J'emmène avec moi, non seulement la grosse femme, mais l'autre prisonnier au masque de fer.

Sa réponse m'indiquera s'il compte me blouser ou non. En cas d'acceptation de sa part, je serai certain qu'il veut me baiser en canard. S'il refuse, le doute est permis.

Il n'hésite pas…

— Entendu.

— Alors envoyez chercher les deux prisonniers !

— Les gardiens n'ouvrent qu'à moi, commissaire. A moi seul.

— En ce cas, nous allons retourner à la prison. Auparavant dites au vilain général de chiottes qui vous accompagne de me retirer les menottes.

Il confirme mon désir, et un grand dégueulasse qui se prend pour feu Rommel avec ses parements rouges vient en grelottant m'ôter mes cabriolets.

— Si tu fais un geste de trop, j'arrose tout le monde à travers ta carcasse de merde, l'ami ! préviens-je.

C'est surtout la façon dont je tirerais sur ses compagnons qui retient son attention car il me délivre sans oser seulement lever un regard sur moi.

— Parfait, maintenant, déshabille-toi, grand con !

— Quoi ?

— Déshabille-toi, te dis-je.

Il.

J'en fais autant, sans cesser de braquer mon monde, et crois-le, c'est pas commode !

Mais San-Antonio, ne l'oublions jamais, nous qui l'aimons et croyons en lui comme à nous-mêmes, quand il dextère, ne craint personne. Deux minutes plus tard, me voici déguisé en général. Frégoli ! Je ne fais que ça ces dernières heures.

Tout en me loquant, je discute avec le petit requin.

— Dites voir, Kantibez, c'était qui, ce barbu aux lunettes qui m'a d'abord ordonné de filer, puis ensuite m'a kidnappé avec mon cheptel ?

— Il appartenait à la police secrète d'un pays avec lequel nous sommes en train de passer certains accords.

— Concernant les rampes de lancement ?

Il opine.

— C'est lui qui vous a mis au courant de notre mission ?

— Non.

Il a un rire blême de condamné à mort qui plastronne avant son exécution.

— Il ignorait la particularité de ces filles.

— Pourquoi, en ce cas, m'a-t-il ordonné de rentrer en France ?

— Simplement parce qu'il vous a reconnu et qu'il s'est douté que votre séjour ici n'était pas catholique.

— Alors pourquoi a-t-il changé de bord et s'est-il fait le pourvoyeur du président, quand il nous a fait enlever pour, ensuite, lui livrer ces malheureuses en pleine mer ?

— Parce que le président le lui a demandé secrètement et qu'il a voulu lui être agréable.

— Vous, vous saviez tout, n'est-ce pas ?

— En effet.

— Comment ?

— Par l'un des quatre qui vous ont commandé de venir, *señor* commissaire. Le jeu de la politique est délicat, bien souvent bizarre…

J'en ai froid jusqu'entre les miches. On vit un temps où plus rien n'est possible, parce que plus rien n'est fiable. Tu regardes du blanc et t'apprends qu'il est noir. Peu à peu nos racines sont arrachées, les gars. On nous tue dans l'avenir en tuant préalablement notre essence. On scie notre arbre généalogique et nous, les branches, ne sommes plus alimentées que par un tronc mourant. Mais combien le savent ? Et parmi ceux qui le savent, combien le disent ? Ils sont tous blottis dans leur trouille et font mine de rien, calquant leurs gueules sur celles de ceux qui ignorent. La société est déjà partie en couille et en quenouille. Ne reste plus que sa photo, mes bons chéris. Derrière le cliché rassurant, ça grouillasse vilain, croyez-moi. On est foutus, déjà répertoriés, désignés, programmés. On ne nous tient plus compte. On est hors de question. Gazeux ? A peine… Incolores, inodores ! Plus que des pets qui ne sentent rien et se dissipent au vent des volontés occultes qui ont ramassé la civilisation dans la fosse à merde où elle était tombée.

Moi, je sais bien quand il a eu lieu, le rapt de la personne humaine. J'ai bien vu la mutation perfide. J'ai essayé de le dire. Faiblement, car j'étais pas très sûr au début. Le moche, avec la gravité, c'est qu'elle fait partie des constats. Au début, on ne pense pas trop à elle. Optimistes, nous sommes. Timorés, encore plus. On n'ose pas réveiller le con qui dort, sans motif valablement valable, de crainte qu'il vous engueule. Et puis voilà, et puis ça y est, on l'a dans le cul, pour probablement toujours. Profond. On n'est plus à nous. On appartient au Grand Machin. Le Grand Machin s'est tellement emparé du pouvoir qu'il ne pourrait pas le lâcher, même s'il en avait l'intention. Et il l'a pas ! En ce moment, tu sais pas ? On court sur notre erre ; ou plutôt sur notre ère. Mais tu vas voir cette plongée précipitale, l'artiste ! C'est imminent. Pas la peine de préparer quoi que ce soit, ce sera du sans-bagages. Alors je te dis adieu tout de suite, pendant qu'on peut encore, pendant qu'on a la possibilité de parler. Qu'un matin ce sera fini complet. Adieu, mon pote. On aurait pu vivre une belle aventure. On aurait pu vivre, quoi, simplement. On a cru qu'on vivait...

— Si vous saviez la vérité, pourquoi n'en avez-vous pas informé le président ? reprends-je.

— Le président était très impressionnable. Je lui ai seulement conseillé de ne pas garder ces filles auprès de lui. J'aurais dû lui en dire davantage. Car il est passé outre mon conseil et se les est fait amener au large de nos côtes...

Ça y est, me voici beau comme un général san bravien. Jamais j'ai été aussi fringant depuis ma première communion. Si t'as ton Kodak sous la main, flashe-moi, c'est pour montrer à Maman.

— Cher Kantibez, poursuis-je, nous allons donc retourner à la prison. Si vous faites un geste, si vous ordonnez autre chose que de délivrer les deux prisonniers, je vous déguise en massacre de la Saint-Valentin ; nous sommes bien d'accord ?

— D'accord.

Je me demande si l'arnaque qu'il mijote va s'opérer tout de suite ou un peu plus loin. Selon mon instinct, ça devrait avoir lieu dans la cour du palais. C'est un gars qui a plus d'une corde à sa harpe, crois-moi. Outillé de première. Je tenterais bien ma révolution illico, mais il me manque un élément déterminant.

Nous formons un mignon cortège : le président, Kilébo, le reste des militaires. Et le gars mézigue, marchant presque contre le vilain secrétaire afin qu'on ne puisse me salver sans lui faire sa fête aussi, à ce rat fétide.

Tout se passe normalement jusqu'à la prison, car il n'y a personne avant la geôle privée du tyran. Les deux soldats avec leurs mitraillettes nous regardent survenir sans broncher.

Kantibez s'avance et sonne.

Quelqu'un doit l'observer par l'œilleton magnétique, car il se met à parlementer (si on peut dire) en sourd-muet. Et moi, c'est un alphabet que je connais parfaitement parce que, quand j'étais mouflet, je fréquentais un club de foot de sourds-muets qui se réunissaient près de chez nous. Et j'ai appris, pour m'amuser, avec mon pote Bilou, un petit gars auquel il ne manquait que la parole. Ainsi, tiens, pour écrire le mot « con » tu mets tes quatre doigts en arc de cercle en leur opposant le pouce, également en arc de cerle, manière de former un « C ». Et puis tu fermes les deux arcs et ça donne un « O ». Ensuite tu places ta main à l'horizontale, la paume tournée vers le bas, en ne laissant pendre que l'index et le médius, les autres salsifis étant repliés, et t'obtiens le « N ». Te dire qu'il a le bonjour d'Antoine, Kantibez.

Il comptait me feinter. Je lui tape sur l'épaule.

— Non, mon chou, ne lui dites pas de donner l'alerte, dites-lui de vous amener ici les deux prisonniers.

Son bras lui tombe. Il me regarde.

Moi, manière de lui en démontrer, de ma main libre, j'écris « pauvre cloche » dans l'espace. Alors il est persuadé de mes capacités.

— Fais ce que je te dis, camarade, m'impatienté-je, sinon je t'étends en guise de paillasson devant cette porte ! Je compte jusqu'à trois avant de te balancer le potage. Un, deux…

— Arrêtez ! Oui, oui ! Tout de suite ! glapit cette vilaine enfoirure.

Il transmet enfin l'ordre que j'exige.

Un court instant. Et puis voici qu'apparaissent, couple singulier – ô combien ! – la dame Bérurière et le second masque de fer.

Tu croirais un film surréaliste, voire d'anticipation. Mortadelle, la bonne sorcière flanquée de son robot dévoué. Aladine à la langue merveilleuse. Chère rasade dans un riz-mec des Mille et Hune nuits.

— De quoi s'agite-t-il ? demande la grosse Béberthe qui monte, monte dans les braguettes. Elle m'avise, s'épanouit.

— Ah, bon, c'est vous, cher Tonio ! Je m'doutais bien que vous me délivrasseriez incessamment. Un garçon comme vous, on peut tout s'attendre. V' savez que c't'uniforme vous va à ravir ? D'alieurs, j'vous ai toujours imaginé en saint-cyrien avec les épaulettes et la cassolette sur la tête. Vous eussiez été major-dome de vot' prémonition, j'sus sûre.

— Placez-vous au sein de ce groupe, Berthe ! dis-je, en réponse à ses compliments.

— Volontiers, tous les beaux z'hommes, vous pensez. Où est-ce qu'on va, bon ami ?

— Faire un peu de révolution avant de partir, dis-je.

Elle ne s'étonne pas.

Au contraire, elle opine.

— D'autant plus qu'il fait un temps esplendide, renchérit l'exquise femme.

*
* *

Tout s'opère sans problème jusqu'à ce que nous débouchions sur l'esplanade du palais.

Les soldats rencontrés en chemin se sont foutus dans un garde-à-vous aveugle en apercevant le président et sa suite. Dans les régimes totalitaires, on perd son sens critique, ses facultés d'observation et son besoin naturel d'en savoir davantage. On se met au garde-à-vous, point à la ligne.

Je vais donc à la ligne.

J'ai dit, pas d'encombre jusqu'au palais.

Nous gravissons le perron.

Je cueille délicatement la mitraillette d'un des gardes.

— Au nom du vénéré président, lui dis-je.

Et il laisse licebroquer le mérinos.

— Prenez cet outil, Berthe, tenez-le braqué dans le dos du petit visqueux en noir et, s'il joue au con, pressez sur cette détente, ici.

— Avec plaisir, assure ma valeureuse compagne.

Ah ! comme elle est digne de son seigneur et maître, Berthy ! Quelle vaillance ! Quel courage souriant ! Rien n'altère sa belle humeur, cette joie d'être qui fait crépiter d'allégresse chaque cellule de son corps abondant.

Ayant ainsi agi, je m'écarte légèrement du groupe, d'un pas environ, afin que mes paroles se détachent mieux. C'est terriblement risqué, car je constitue une cible idéale pour le premier dégourdi venu qui voudrait faire du zèle.

— Soldats, officiers, officiers supérieurs, écoutez-moi ! crié-je. Rassemblez-vous devant ce perron, j'ai une communication de la plus haute importance à vous faire.

Des moutons !

Et pourquoi d'ailleurs insulter ces braves bêtes qui fournissent au moins des gigots et de la laine, alors que nous autres, plus dociles encore qu'eux, ne donnons que de la merde et des bulles ?

Pareils à des hommes, aussi pleutres que des hommes. Plus soumise que des hommes, la horde soldatesque se masse à nos pieds. Les visages luisants se brandissent. Ce spectacle de moi, inconnu, jactant en présence du président et de son secrétaire apeurés, déjà ça les bouleverse. Ils comprennent qu'il s'est passé quelque chose et que de grands chancetiquements vont se produire. Ils l'espèrent très fort. L'homme raffole du changement. Son rêve, c'est de voir capoter les routines pour que s'en instaurent de nouvelles. Du nouveau ! Baudelaire l'a dit, ce con. Le but suprême ! La tentation universelle.

Je me racle la gargante et j'attaque :

— Vaillants militaires qui êtes le soutien et la gloire du San Bravo, la Providence m'a dépêché parmi vous pour vous apporter la lumière de la vérité. On vous a trompés ! Pendant plusieurs années, vous avez été la victime d'un imposteur. Tiago Chiraco n'était que le président en titre de votre vaillante nation. En réalité, il n'a jamais gouverné. Celui qui commandait, dans l'ombre, c'est son soi-disant secrétaire, l'abominable Kilébo Kantibez, ici présent. Lui, seul. Maître absolu des destinées de ce pays. Tyran sanguinaire. Despote éhonté, et j'en passe. Il était relié en permanence avec la personne du Chiraco par un astucieux système de radio à ondes brèves. Je le prouve ! Voici les lunettes de Chiraco !

Je brandis les lunettes prises naguère au président.

— Les branches contiennent des écouteurs à modulations fragolées, tandis que le bas de la monture, à l'endroit des verres, recèle un micro. Maintenant, regardez, vaillants militaires, regardez bien.

Je cueille Kantibez par le paletot, ouvre ce dernier.

— Dans la poche intérieure de son veston, il y a un poste récepteur miniaturisé. Ceci (je désigne la fleur piquée à son revers) est un micro. Ce micro lui permettait de donner des instructions au président à tout instant de la journée et en tout lieu, sauf lorsque les deux hommes se trouvent distants l'un de l'autre de plus de cinquante kilomètres. Pourquoi cet homme a-t-il agi ainsi, soldats, militaires et divers ? Pourquoi ? Parce qu'il préférait assurer le pouvoir par personne interposée. Ainsi évitait-il tous les risques inhérents à cette haute fonction. Chiraco était exposé aux attentats, aux pressions, à d'autres grands dangers, et lui pas. Et puis, mes amis, et puis regardez-le, a-t-il la stature d'un chef d'Etat, ce cloporte fait pour l'ombre ? Que non pas ! Auriez-vous consenti, valeureux militaires habillés en soldats, à suivre aveuglément cette raclure d'humanité ? Ce vilain petit rat qui pue ? Jamais ! Je vous connais, il suffit de vous regarder, de lire l'intrépidité et la noblesse sur vos mâles visages pour savoir qui vous êtes et que, contrairement à ce minus, vous, vous avez du monde dans vos pantalons ! Maintenant, me direz-vous, apportez-nous la preuve de ce que vous avancez. Le fait que Chiraco et son secrétaire soient reliés par radio ne prouve rien. J'admets cette objection, mes amis. Et je la devance. Et j'y réponds. Quelqu'un a-t-il une clé à molette à portée de la main pour venir ôter le masque de fer de cet homme qui était, il y a un instant encore, prisonnier de l'infâme Kantibez ? Vous, mon général mécanicien. Alors, approchez, vous serez de la sorte le premier à savoir.

Le général sus-mentionné se pointe sur le perron. Il a les mains pleines de cambouis. Il s'attaque aux boulons du masque. L'instant est solennel. Personne ne bronche, pas plus Chiraco que Kantibez ni que les militaires rassemblés. On perçoit seulement un borborygme de Berthe Bérurier qui, à voix onctueuse, me demande :

— Pensez-vous qu'il en eusse t'encore pour longtemps, Antoine ? car j'ai besoin d'aller au petit coin.

— Ce sera vite fait, Berthe, pronostiqué-je.

Et, en effet, le général mécano sait boulonner, donc déboulonner. On ne l'a pas promu général pour ses beaux yeux, tu penses ! D'abord, il louche !

Moi, j'ai hâte qu'il en termine, parce que plusieurs centaines d'hommes, tu ne maintiens pas leur attention jusqu'*ad vitam aeternam*, comme disent les joyeux compères Pierre Larousse et Claude Augé à la page une de leurs pages roses.

Enfin cric crac, voilà. Le masque est séparé en deux parties équidistantes. Le général à molette pousse un cri.

Pour ma part, et quant à moi, j'ai un pincement aux burnes, car enfin, je me dis que j'ai pu après tout me gourer dans mes hypothèses et échafauder à côté de la plaque. Alors je regarde vite vite. Et respire.

Poussant le malheureux aux épaules, je le montre à la foule, comme Danton brandissait tête au peuple après son exécution si capitale pour lui.

— Regardez, tout le monde !

Et alors, ces gens, ces militaires, ces hommes indécis, mais gourmands de nouveauté, qui, jusqu'alors m'ont écouté sans mot dire, sans maudire non plus, poussent un cri immense. Un « Ahahaooooo ! » de bourrasque. Tu croirais une ventée d'orage dans les frondaisons de la forêt amazonienne (si tu vois ce que je veux dire ?). Oui, exactement : « Ahahaooooo ! »

Et on ne peut le leur reprocher.

Tout cela est tellement insensé. C'est tellement tellement. Qu'on admet une pareille clameur. Rends-toi compte, cher vieux cocu à rondelle, rends-toi bien compte. Et même rends-toi Comte (comme ce cheik costaud qui faisait un numéro de comte-cheik costaud).

Le démasqué, c'est Chiraco.

Un autre Chiraco.

Un troisième Chiraco, le premier étant mort sur son yacht où il est allé loncher les trois frangines, hors d'atteinte du circuit radio qui reliait le faux tyran au vrai !

Une double histoire de triplés, en somme.

— Comprenez-vous, maintenant, guerriers impétueux, sang pur de la nation, comprenez-vous que Kantibez vous a joués ? Il disposait de trois frères pour lui servir de marionnettes, comme un ventriloque a plusieurs poupées de rechange. Ainsi, celui qui est habillé en président n'est pas le même que celui qui est sorti de ce palais avant-hier. Et pour cause, car celui de l'autre jour est mort. Kantibez retenait ces deux malheureux dans son infâme prison, à toutes fins utiles. Telle est la forfaiture d'un misérable qui vous a joués, vous, les plus fameux d'entre les fameux. Quel est le plus haut gradé d'entre vous ?

Un bras se lève.

— Vous, monsieur le maréchal de bananes ? Très bien. En ce cas, vous allez assurer l'intérim du pouvoir en attendant que le peuple san bravien choisisse son destin.

Et j'écrie, en levant le bras du maréchal abasourdi :

— Voici votre nouveau président provisoire !

« Vive le président ! » hurle la foule militaire, docile, parce que, vois-tu, y a pas à se faire chier avec les mecs, n'importe leur nationalité, voire leur degré de sottise : il suffit d'imposer, de rendre naturel ce qui n'avait aucune raison de le sembler.

Je tends la main au nouveau président.

— Tous mes compliments pour cette élection, vénéré président.

Et j'ajoute, à mi-voix :

— Il n'y a aucune raison pour que vous ne conserviez pas le pouvoir pour peu que vous sachiez faire montre d'autorité.

Le « nouveau » est un gros mec congestionné, avec une moustache en guidon de course.

Il opine gravement, preuve qu'il n'est pas plus con qu'un autre, voire même que toi.

Faire montre d'autorité. Il sent qu'il convient

de ne pas lésiner. Il doit s'imposer dare-dare. Spectaculairement.

Alors, l'idée géniale lui vient.

Il sort son revolver et fait sauter la tête de Kilébo Kantibez.

— Vive le président ! mugit la foule.

— Il est dégueulasse, ce mec, regardez ma robe ! glapit la mère Bérurier.

CON CON
CLU
SION SION

Alors voilà, ça se termine comme ça…

Parce que moi, tu comprends, j'ai hâte de rentrer : après-demain c'est l'anniversaire de Félicie. Et je tiens à lui faire un cadeau fabuleux : son fils !

Sans attendre l'installation du nouveau président, je saute au volant d'une jeep avec la mère Berthe et un général de commission. Et poum, en route pour le port !

On y parvient juste comme un barlu prend le long (ou le large, je sais plus). Ce bateau, c'est le *Tortilla*, appartenant à ce Quito Doblo que m'a recommandé Hildegarde.

On est obligé de réquisitionner un canot à moteur pour le rattraper. On adresse des « Ohé » ! à la nef d'Hildegarde[1]. Mais le commandant Quito Doblo fait la sourde oreille parce qu'il croit qu'on lui donne la

1. Ça, c'est un calembour que plus grand monde peut piger. Quand on me rééditera, dans cinquante piges ou cent, faudra le couper, je demande au correcteur de cette future époque.

chasse, because ses passagers clandestins. Faut que j'ôte ma tenue à parements et que j'agite les brandillons pour leur faire piger qu'ils n'ont rien à craindre. Alors, bon, ils stoppent et on nous lance une échelle de corde. Tu verrais la mère Béru l'escalader, tu prendrais un panard terrible : moi derrière, la soutenant, et qu'elle a même pas de culotte, la vieille sabreuse. Vu d'en dessous, t'as l'impression d'engranger du foin de marécage. Mais tout de même, vaille que vaille elle est hissée, la commère.

Retrouvailles, présentations. Poignées de main.

Une heure plus tard, en buvant une boutanche de tequila, je narre mon odyssée.

Faire figure d'héros, dans ces cas-là, c'est du beurre. Ils m'ont écouté, à la ronde. Le vent du large soufflait sur mes paroles comme pour les attiser. Le navire gondolait de vague en vague, sous le soleil glorieux. Là-bas, au San Bravo estompant, un nouveau régime tout pareil au premier s'organisait. Un nouveau saligaud remplaçait le premier. Celui-ci ferait-il le jeu des Russes ou des Ricains ? Allait-il couper les couilles en quatre ou en huit ? Permettrait-il l'élaboration des rampes de fusées ou les interdirait-il ? Qu'importait ! Moi, je savais que le Grand Machin lui, avait déjà les brèmes en main. Celles du San Bravo, et de toute l'Amérique, et celles de l'Afrique, celles de l'Asie, de l'Europe. Y aurait plus que l'Océanie pour finir. Si émiettée dans les langueurs du Pacifique. Mais la voiture-balai finirait par passer, d'île en îlot, pour souffler les dernières chandelles, et faire chauffer l'atoll.

— Comment avez-vous deviné la vérité ? me demande Hildegarde.

— Par paliers, réponds-je. Primo, j'ai compris que Chiraco n'était pas le véritable maître du pays. D'abord, m'étant trouvé seul dans son bureau, j'ai constaté qu'aucun dossier n'y figurait et que sous des chemises officielles, il disposait de bandes dessinées et autres Comics. Ensuite, il avait une manière curieuse de répondre aux questions qui lui étaient posées, semblant attendre qu'on lui souffle la réponse. Surtout, j'ai été troublé par son comportement. Voilà un type qui, paraît-il, se jette sur les trois sœurs pour s'en goinfrer. Mais la chose lui est soudain interdite. Alors il les chasse et garde notre chère Berthe. Pourquoi Berthe ? Parce que le rusé Kantibez tenait à conserver un otage à disposition. Alors il a ordonné à sa marionnette de feindre l'engouement pour elle.

La Bérurière me tranche, d'un ton pincé.

— Je vous remercille, Antoine, jugeassez-vous que mes charmes intrésèques soyent insuffisants ?

Ne trouvant rien d'émollient à répondre, je poursuis :

— Le président, commotionné par les filles, s'en ouvre alors au type de la police secrète de la nation étrangère. Probablement a-t-il pris la précaution d'ôter ses lunettes pour rompre le contact avec son âme damnée, le temps de l'entretien. Il décide de faire une mini-croisière à bord du yacht présidentiel, pourquoi ? Parce que, de la sorte, le système de radio sera inopérant et qu'il pourra s'envoyer en l'air sans qu'intervienne l'atroce Kantibez. Le barbu, qui croit que le président est président, s'empresse de lui promettre satisfaction et se met en quête des trois grâces afin de les lui livrer.

Le bateau de Quito Doblo craque à faire pitié. Heureusement que la mer est aussi calme que l'huile à l'intérieur d'une boîte de sardines Amieux, sinon on devrait gagner le Céplugay à la nage !

Papa nazi est parti dans les nostalges. Le veilleur d'ennui se remet mal d'avoir quitté sa patrie d'adoption. C'est triste à son âge d'aller finir ses jours en régime démocratique. J'espère qu'il a eu la présence d'esprit d'arracher les deux photos de sa chambre : celle de sa rombiasse et celle d'Adolf. Peut-être retournera-t-il au San Bravo d'ici peu, dans la mesure où le nouveau président se montrera aussi tyran que Kilébo Kantibez.

— Mais l'histoire de Chiraco en trois exemplaires, reprend Hildegarde, de quelle manière avez-vous pu la détecter ?

— Là aussi, par paliers, douce amie. Je savais que tout rapport avec mes trois souris entraînait une mort rapide. Si Chiraco avait arrangé cette rencontre en mer, c'était bien qu'il avait la ferme intention de consommer ces chères petites. Donc, sa mort ne faisait aucun doute. Dans la prison, il y avait deux prisonniers masqués de fer. Preuve qu'on ne voulait pas que soit connue leur identité. Pourquoi conservait-on des prisonniers dans ce régime sanguinaire qui tuait et tuait sans relâche ? Parce qu'ils pouvaient devenir utiles. La nuit dernière, Kantibez, très affaire, est venu prendre possession des deux hommes et, au bout d'une heure, en a ramené un au bercail. Lorsque j'ai aperçu le « président », lors du supplice des trois mômes, j'ai senti qu'il ne s'agissait pas de celui que j'avais rencontré primitivement. Jumeaux, certes, mais avec chacun une personnalité propre. Celle du numéro 2 n'avait rien de commun avec celle du numéro 1. Le second était un homme cassé par sa détention ; un mannequin ! alors que son frère avait pris l'habitude d'incarner ce pouvoir qu'il ne détenait pas vraiment. J'ai eu une sorte de preuve que mes doutes étaient bel et bien fondés lorsque l'horreur du supplice l'a fait vomir. Pardonnez-moi ce répugnant détail, mes chers compagnons, mais il a dégobillé des graines de chènevis, triste nourriture qu'on avait apportée aux prisonniers, la veille. Etait-ce là d'ailleurs, un mets de chef d'Etat ? De plus, à un certain moment, Kantibez s'est coupé et a usé de l'imparfait pour parler du président, tout comme si le nouveau comptait pour du beurre. En fait, mentalement, il n'avait pas encore intégré M. Numéro 2 au rôle qu'il venait de lui imposer.

— V'v'lez que j'vous dise, roucoule dame Berthy ; dans vot' genre, Antoine, vous seriez plutôt sagace.

Je ne réponds pas.

Les côtes du San Bravo s'engloutissent dans l'horizon vaporeux. Sans la présence d'Hildegarde et de son père, je me demanderais presque si tout cela a existé réellement. Si je ne l'ai pas rêvé à l'issue d'une cuite…

Nous vivons dans un monde si étrange, les gars, qu'on n'est jamais sûr de rien…

FIN

Un guide de lecture inédit élaboré
par Raymond Milési

REMONTEZ LE FLEUVE AVEC LE COMMISSAIRE SAN-ANTONIO

La première aventure du commissaire San-Antonio est parue en 1949. Peu à peu, ce personnage au punch et à la sincérité extraordinaires a pris dans le cœur des lecteurs de tous âges une place si importante qu'on peut parler à son sujet de véritable *phénomène*. Qu'il s'agisse de son exceptionnel succès dans l'édition ou de l'enthousiasme qu'il provoque, on est en droit de le situer — et de loin — au premier rang des « héros littéraires » de notre pays.

1. Bibliographie des aventures de San-Antonio

A) La série

Jusqu'en 2002, la série était disponible dans une collection appelée « *San-Antonio* », abrégée en « **S-A** », **avec une numérotation qui ne tenait pas compte – pour une bonne partie – de l'ordre originel des parutions.**

La collection garde le même nom mais, à partir de 2003, **sa numérotation va respecter l'ordre chronologique.**

Dès lors, la bibliographie ci-après se consulte de la façon suivante :

- En tête apparaît le numéro « chronologique », celui qui figure sur chaque roman réimprimé *à partir de 2003.*
- Après le titre vient, entre parenthèses, la date de première publication.
- Puis est indiquée la collection d'origine (Spécial Police de 1950 à 1972 et **S-A avec l'ancienne numérotation** : reprises et originaux de 1973 à 2002).
- O.C. signale que le titre a été réédité dans les Œuvres Complètes, le numéro du tome étant précisé en chiffres romains.

▪▪▪▪▪▪▪▪▪▪▪▪▪▪▪

1. **RÉGLEZ-LUI SON COMPTE** (1949)
(S-A 107) – O.C. XXIV

2. **LAISSEZ TOMBER LA FILLE** (1950)
Spécial-Police 11 – **(S-A 43)** – O.C. III

3. **LES SOURIS ONT LA PEAU TENDRE** (1951)
Spécial-Police 19 – **(S-A 44)** – O.C. II

4. **MES HOMMAGES À LA DONZELLE** (1952)
Spécial-Police 30 – **(S-A 45)** – O.C. X

5. **DU PLOMB DANS LES TRIPES** (1953)
Spécial-Police 35 – **(S-A 47)** – O.C. XII

6. **DES DRAGÉES SANS BAPTÊME** (1953)
Spécial-Police 38 – **(S-A 48)** – O.C. IV

7. **DES CLIENTES POUR LA MORGUE** (1953)
Spécial-Police 40 – **(S-A 49)** – O.C. VI

8. **DESCENDEZ-LE À LA PROCHAINE** (1953)
Spécial-Police 43 – **(S-A 50)** – O.C. VII

9. **PASSEZ-MOI LA JOCONDE** (1954)
Spécial-Police 48 – **(S-A 2)** – O.C. I

10. **SÉRÉNADE POUR UNE SOURIS DÉFUNTE** (1954)
Spécial-Police 52 – **(S-A 3)** – O.C. VIII

11. **RUE DES MACCHABÉES** (1954)
Spécial-Police 57 – **(S-A 4)** – O.C. VIII

12. **BAS LES PATTES !** (1954)
Spécial-Police 59 – **(S-A 51)** – O.C. XI

13. **DEUIL EXPRESS** (1954)
Spécial-Police 63 – **(S-A 53)** – O.C. IV

14. **J'AI BIEN L'HONNEUR DE VOUS BUTER** (1955)
Spécial-Police 67 – **(S-A 54)** – O.C. VIII

15. **C'EST MORT ET ÇA NE SAIT PAS** (1955)
Spécial-Police 71 – **(S-A 55)** – O.C. XIII

16. **MESSIEURS LES HOMMES** (1955)
Spécial-Police 76 – **(S-A 56)** – O.C. II

17. **DU MOURON À SE FAIRE** (1955)
Spécial-Police 81 – **(S-A 57)** – O.C. XV

18. **LE FIL À COUPER LE BEURRE** (1955)
Spécial-Police 85 – **(S-A 58)** – O.C. XI

19. **FAIS GAFFE À TES OS** (1956)
Spécial-Police 90 – **(S-A 59)** – O.C. III

20. **À TUE… ET À TOI** (1956)
Spécial-Police 93 – **(S-A 61)** – O.C. VI

21. **ÇA TOURNE AU VINAIGRE** (1956)
Spécial-Police 101 – **(S-A 62)** – O.C. IV

22. **LES DOIGTS DANS LE NEZ** (1956)
Spécial-Police 108 – **(S-A 63)** – O.C. VII

23. **AU SUIVANT DE CES MESSIEURS** (1957)
Spécial-Police 111 – **(S-A 65)** – O.C. IX

24. **DES GUEULES D'ENTERREMENT** (1957)
Spécial-Police 117 – **(S-A 66)** – O.C. IX

25. **LES ANGES SE FONT PLUMER** (1957)
Spécial-Police 123 – **(S-A 67)** – O.C. XII

26. **LA TOMBOLA DES VOYOUS** (1957)
Spécial-Police 129 – **(S-A 68)** – O.C. IV

27. **J'AI PEUR DES MOUCHES** (1957)
Spécial-Police 141 – **(S-A 70)** – O.C. I

28. **LE SECRET DE POLICHINELLE** (1958)
Spécial-Police 145 – **(S-A 71)** – O.C. III

29. **DU POULET AU MENU** (1958)
Spécial-Police 151 – **(S-A 72)** – O.C. V

30. **TU VAS TRINQUER, SAN-ANTONIO** (1958)
Spécial-Police 157 – **(S-A 40)** – O.C. V
(tout en pouvant se lire séparément, ces deux derniers romans constituent une même histoire en deux parties)

31. **EN LONG, EN LARGE ET EN TRAVERS** (1958)
Spécial-Police 163 – **(S-A 7)** – O.C. XIII

32. **LA VÉRITÉ EN SALADE** (1958)
Spécial-Police 173 – **(S-A 8)** – O.C. VI

33. **PRENEZ-EN DE LA GRAINE** (1959)
Spécial-Police 179 – **(S-A 73)** – O.C. II

34. **ON T'ENVERRA DU MONDE** (1959)
Spécial-Police 188 – **(S-A 74)** – O.C. VII

35. **SAN-ANTONIO MET LE PAQUET** (1959)
Spécial-Police 194 – **(S-A 76)** – O.C. IX

36. **ENTRE LA VIE ET LA MORGUE** (1959)
Spécial-Police 201 – **(S-A 77)** – O.C. IX

37. **TOUT LE PLAISIR EST POUR MOI** (1959)
Spécial-Police 207 – **(S-A 9)** – O.C. XIII

38. **DU SIROP POUR LES GUÊPES** (1960)
Spécial-Police 216 – **(S-A 5)** – O.C. II

39. **DU BRUT POUR LES BRUTES** (1960)
Spécial-Police 225 – **(S-A 15)** – O.C. IX

40. **J'SUIS COMME ÇA** (1960)
Spécial-Police 233 – **(S-A 16)** – O.C. VI

41. **SAN-ANTONIO RENVOIE LA BALLE** (1960)
Spécial-Police 238 – **(S-A 78)** – O.C. VII

42. **BERCEUSE POUR BÉRURIER** (1960)
Spécial-Police 244 – **(S-A 80)** – O.C. IV

43. **NE MANGEZ PAS LA CONSIGNE** (1961)
Spécial-Police 250 – **(S-A 81)** – O.C. XI

44. **LA FIN DES HARICOTS** (1961)
Spécial-Police 259 – **(S-A 83)** – O.C. X

45. **Y A BON, SAN-ANTONIO** (1961)
Spécial-Police 265 – **(S-A 84)** – O.C. VIII

46. **DE « A » JUSQU'À « Z »** (1961)
Spécial-Police 273 – **(S-A 86)** – O.C. XII

47. **SAN-ANTONIO CHEZ LES MAC** (1961)
Spécial-Police 281 – **(S-A 18)** – O.C. VII

48. **FLEUR DE NAVE VINAIGRETTE** (1962)
Spécial-Police 293 – **(S-A 10)** – O.C. I

49. **MÉNAGE TES MÉNINGES** (1962)
Spécial-Police 305 – **(S-A 11)** – O.C. IX

50. **LE LOUP HABILLÉ EN GRAND-MÈRE** (1962)
Spécial-Police 317 – **(S-A 12)** – O.C. X

51. **SAN-ANTONIO CHEZ LES « GONES »** (1962)
Spécial-Police 321 – **(S-A 13)** – O.C. V

52. **SAN-ANTONIO POLKA** (1963)
Spécial-Police 333 – **(S-A 19)** – O.C. V

53. **EN PEIGNANT LA GIRAFE** (1963)
Spécial-Police 343 – **(S-A 14)** – O.C. II

54. **LE COUP DU PÈRE FRANÇOIS** (1963)
Spécial-Police 358 – **(S-A 21)** – O.C. XI

55. **LE GALA DES EMPLUMÉS** (1963)
Spécial-Police 385 – **(S-A 41)** – O.C. V

56. **VOTEZ BÉRURIER** (1964)
Spécial-Police 391 – **(S-A 22)** – O.C. I

57. **BÉRURIER AU SÉRAIL** (1964)
Spécial-Police 427 – **(S-A 87)** – O.C. III

58. **LA RATE AU COURT-BOUILLON** (1965)
Spécial-Police 443 – **(S-A 88)** – O.C. I

59. **VAS-Y BÉRU** (1965)
Spécial-Police 485 – **(S-A 23)** – O.C. VIII

60. **TANGO CHINETOQUE** (1966)
Spécial-Police 511 – **(S-A 24)** – O.C. VI

61. **SALUT, MON POPE !** (1966)
Spécial-Police 523 – **(S-A 25)** – O.C. X

62. **MANGE, ET TAIS-TOI !** (1966)
Spécial-Police 565 – **(S-A 27)** – O.C. XII

63. **FAUT ÊTRE LOGIQUE** (1967)
Spécial-Police 577 – **(S-A 28)** – O.C. X

64. **Y'A DE L'ACTION !** (1967)
Spécial-Police 589 – **(S-A 29)** – O.C. XIII

65. **BÉRU CONTRE SAN-ANTONIO** (1967)
Spécial-Police 613 – **(S-A 31)** – O.C. XII

66. **L'ARCHIPEL DES MALOTRUS** (1967)
Spécial-Police 631 – **(S-A 32)** – O.C. XI

67. **ZÉRO POUR LA QUESTION** (1968)
Spécial-Police 643 – **(S-A 34)** – O.C. XIII

68. **BRAVO, DOCTEUR BÉRU** (1968)
Spécial-Police 661 – **(S-A 35)** – O.C. XIV

69. **VIVA BERTAGA** (1968)
Spécial-Police 679 – **(S-A 37)** – O.C. XIV

70. **UN ÉLÉPHANT, ÇA TROMPE** (1968)
Spécial-Police 697 – **(S-A 38)** – O.C. XIV

71. **FAUT-IL VOUS L'ENVELOPPER ?** (1969)
Spécial-Police 709 – **(S-A 39)** – O.C. XIV

72. **EN AVANT LA MOUJIK** (1969)
Spécial-Police 766 – **(S-A 89)** – O.C. XIV

73. **MA LANGUE AU CHAH** (1970)
Spécial-Police 780 – **(S-A 90)** – O.C. XV

74. **ÇA MANGE PAS DE PAIN** (1970)
Spécial-Police 829 – **(S-A 92)** – O.C. XV

75. **N'EN JETEZ PLUS !** (1971)
Spécial-Police 864 – **(S-A 93)** – O.C. XV

76. **MOI, VOUS ME CONNAISSEZ ?** (1971)
Spécial-Police 893 – **(S-A 94)** – O.C. XV

77. **EMBALLAGE CADEAU** (1972)
Spécial-Police 936 – **(S-A 96)** – O.C. XVI

78. **APPELEZ-MOI CHÉRIE** (1972)
Spécial-Police 965 – **(S-A 97)** – O.C. XVI

79. **T'ES BEAU, TU SAIS !** (1972)
Spécial-Police 980 – **(S-A 99)** – O.C. XVI

80. **ÇA NE S'INVENTE PAS** (1973)
(S-A 1) – O.C. XVI

81. **J'AI ESSAYÉ, ON PEUT** (1973)
(S-A 6) – O.C. XVII

82. **UN OS DANS LA NOCE** (1974)
(S-A 17) – O.C. XVII

83. **LES PRÉDICTIONS DE NOSTRABÉRUS** (1874)
(S-A 20) – O.C. XVII

84. **METS TON DOIGT OÙ J'AI MON DOIGT** (1974)
(S-A 26) – O.C. XVII

85. **SI, SIGNORE** (1974)
(S-A 30) – O.C. XVIII

86. **MAMAN, LES PETITS BATEAUX** (1975)
(S-A 33) – O.C. XVIII

87. **LA VIE PRIVÉE DE WALTER KLOZETT** (1975)
(S-A 36) – O.C. XVIII

88. **DIS BONJOUR À LA DAME** (1975)
(S-A 42) – O.C. XVIII

89. **CERTAINES L'AIMENT CHAUVE** (1975)
(S-A 46) – O.C. XIX

90. **CONCERTO POUR PORTE-JARRETELLES** (1976)
(S-A 52) – O.C. XIX

91. **SUCETTE BOULEVARD** (1976)
(S-A 60) – O.C. XIX

92. **REMETS TON SLIP, GONDOLIER** (1977)
(S-A 64) – O.C. XIX

93. **CHÉRIE, PASSE-MOI TES MICROBES !** (1977)
(S-A 69) – O.C. XX

94. **UNE BANANE DANS L'OREILLE** (1977)
(S-A 75) – O.C. XX

95. **HUE, DADA !** (1977)
(S-A 79) – O.C. XX

96. **VOL AU-DESSUS D'UN LIT DE COCU** (1978)
(S-A 82) – O.C. XX

97. **SI MA TANTE EN AVAIT** (1978)
(S-A 85) – O.C. XXI

98. **FAIS-MOI DES CHOSES** (1978)
(S-A 91) – O.C. XXI

99. **VIENS AVEC TON CIERGE** (1978)
(S-A 95) – O.C. XXI

100. **MON CULTE SUR LA COMMODE** (1979)
(S-A 98) – O.C. XXI

101. **TIRE-M'EN DEUX, C'EST POUR OFFRIR** (1979)
(S-A 100) – O.C. XXII

102. **À PRENDRE OU À LÉCHER** (1980)
(S-A 101) – O.C. XXII

103. **BAISE-BALL À LA BAULE** (1980)
(S-A 102) – O.C. XXII

104. **MEURS PAS, ON A DU MONDE** (1980)
(S-A 103) – O.C. XXII

105. **TARTE À LA CRÈME STORY** (1980)
(S-A 104) – O.C. XXIII

106. **ON LIQUIDE ET ON S'EN VA** (1981)
(S-A 105) – O.C. XXIII

107. **CHAMPAGNE POUR TOUT LE MONDE !** (1981)
(S-A 106) – O.C. XXIII

→ À partir du 108e roman ci-dessous, la numérotation affichée auparavant sur les ouvrages de la collection *« San-Antonio »* correspond à l'ordre chronologique. Le numéro actuel et le précédent sont donc identiques. Mais, pour éviter toute équivoque, nous continuons tout de même à les mentionner l'un et l'autre jusqu'au bout.

108. **LA PUTE ENCHANTÉE** (1982)
(S-A 108) – O.C. XXIII

109. **BOUGE TON PIED QUE JE VOIE LA MER** (1982)
(S-A 109) – O.C. XXIV

110. **L'ANNÉE DE LA MOULE** (1982)
(S-A 110) – O.C. XXIV

111. **DU BOIS DONT ON FAIT LES PIPES** (1982)
(S-A 111) – O.C. XXIV

112. **VA DONC M'ATTENDRE CHEZ PLUMEAU** (1983)
(S-A 112) – O.C. XXV

113. **MORPION CIRCUS** (1983)
(S-A 113) – O.C. XXV

114. **REMOUILLE-MOI LA COMPRESSE** (1983)
(S-A 114) – O.C. XXV

115. **SI MAMAN ME VOYAIT !** (1983)
(S-A 115) – O.C. XXV

116. **DES GONZESSES COMME S'IL EN PLEUVAIT** (1984)
(S-A 116) – O.C. XXVI

117. **LES DEUX OREILLES ET LA QUEUE** (1984)
(S-A 117) – O.C. XXVI

118. **PLEINS FEUX SUR LE TUTU** (1984)
(S-A 118) – O.C. XXVI

119. **LAISSEZ POUSSER LES ASPERGES** (1984)
(S-A 119) – O.C. XXVI

120. **POISON D'AVRIL ou la vie sexuelle de Lili Pute** (1985)
(S-A 120) – O.C. XXVII

121. **BACCHANALE CHEZ LA MÈRE TATZI** (1985)
(S-A 121) – O.C. XXVII

122. **DÉGUSTEZ, GOURMANDES !** (1985)
(S-A 122) – O.C. XXVII

123. **PLEIN LES MOUSTACHES** (1985)
(S-A 123) – O.C. XXVII

124. **APRÈS VOUS S'IL EN RESTE, MONSIEUR LE PRÉSIDENT** (1986)
(S-A 124) – O.C. XXVIII

125. **CHAUDS, LES LAPINS !** (1986)
(S-A 125) – O.C. XXVIII

126. **ALICE AU PAYS DES MERGUEZ** (1986)
(S-A 126) – O.C. XXVIII

127. **FAIS PAS DANS LE PORNO...** (1986)
(S-A 127) – O.C. XXVIII

128. **LA FÊTE DES PAIRES** (1986)
(S-A 128) – O.C. XXIX

129. **LE CASSE DE L'ONCLE TOM** (1987)
(S-A 129) – O.C. XXIX

130. **BONS BAISERS OÙ TU SAIS** (1987)
(S-A 130) – O.C. XXIX

131. **LE TROUILLOMÈTRE À ZÉRO** (1987)
(S-A 131) – O.C. XXIX

132. **CIRCULEZ ! Y A RIEN À VOIR** (1987)
(S-A 132)

133. **GALANTINE DE VOLAILLE POUR DAMES FRIVOLES** (1987)
(S-A 133)

134. **LES MORUES SE DESSALENT** (1988)
(S-A 134)

135. **ÇA BAIGNE DANS LE BÉTON** (1988)
(S-A 135)

136. **BAISSE LA PRESSION, TU ME LES GONFLES !** (1988)
(S-A 136)

137. **RENIFLE, C'EST DE LA VRAIE** (1988)
(S-A 137)

138. **LE CRI DU MORPION** (1989)
(S-A 138)

139. **PAPA, ACHÈTE-MOI UNE PUTE** (1989)
(S-A 139)

140. **MA CAVALE AU CANADA** (1989)
(S-A 140)

141. **VALSEZ, POUFFIASSES** (1989)
(S-A 141)

142. **TARTE AUX POILS SUR COMMANDE** (1989)
(S-A 142)

143. **COCOTTES-MINUTE** (1990)
(S-A 143)

144. **PRINCESSE PATTE-EN-L'AIR** (1990)
(S-A 144)

145. **AU BAL DES ROMBIÈRES** (1990)
(S-A 145)

146. **BUFFALO BIDE** (1991)
(S-A 146)

147. **BOSPHORE ET FAIS RELUIRE** (1991)
(S-A 147)

148. **LES COCHONS SONT LÂCHÉS** (1991)
(S-A 148)

149. **LE HARENG PERD SES PLUMES** (1991)
(S-A 149)

150. **TÊTES ET SACS DE NŒUDS** (1991)
(S-A 150)

151. **LE SILENCE DES HOMARDS** (1992)
(S-A 151)

152. **Y EN AVAIT DANS LES PÂTES** (1992)
(S-A 152)

153. **AL CAPOTE** (1992)
(S-A 153)

154. **FAITES CHAUFFER LA COLLE** (1993)
(S-A 154)

155. **LA MATRONE DES SLEEPINGES** (1993)
(S-A 155)

156. **FOIRIDON À MORBAC CITY** (1993)
(S-A 156)

157. **ALLEZ DONC FAIRE ÇA PLUS LOIN** (1993)
(S-A 157)

158. **AUX FRAIS DE LA PRINCESSE** (1993)
(S-A 158)

159. **SAUCE TOMATE SUR CANAPÉ** (1994)
(S-A 159)

160. **MESDAMES VOUS AIMEZ « ÇA »** (1994)
(S-A 160)

161. **MAMAN, LA DAME FAIT RIEN QU'À ME FAIRE DES CHOSES** (1994)
(S-A 161)

162. **LES HUÎTRES ME FONT BÂILLER** (1995)
(S-A 162)

163. **TURLUTE GRATOS LES JOURS FÉRIÉS** (1995)
(S-A 163)

164. **LES EUNUQUES NE SONT JAMAIS CHAUVES** (1996)
(S-A 164)

165. **LE PÉTOMANE NE RÉPOND PLUS** (1995)
(S-A 165)

166. **T'ASSIEDS PAS SUR LE COMPTE-GOUTTES** (1996)
(S-A 166)

167. **DE L'ANTIGEL DANS LE CALBUTE** (1996)
(S-A 167)

168. **LA QUEUE EN TROMPETTE** (1997)
(S-A 168)

169. **GRIMPE-LA EN DANSEUSE** (1997)
(S-A 169)

170. **NE SOLDEZ PAS GRAND-MÈRE, ELLE BROSSE ENCORE** (1997)
(S-A 170)

171. **DU SABLE DANS LA VASELINE** (1998)
(S-A 171)

172. **CECI EST BIEN UNE PIPE** (1999)
(S-A 172)

173. **TREMPE TON PAIN DANS LA SOUPE** (1999)
(S-A 173)

174. **LÂCHE-LE, IL TIENDRA TOUT SEUL** (1999)
(S-A 174)
(ces deux derniers romans sont à lire à la suite car ils constituent une seule histoire répartie en deux tomes)

175. **CÉRÉALES KILLER** (2001) – parution posthume
(original non numéroté : v. ci-dessous)

B) Les Hors-Collection

Neuf romans, de format plus imposant que ceux de la « série », sont parus depuis 1964. Tous les originaux aux éditions FLEUVE NOIR, forts volumes cartonnés jusqu'en 1971, puis brochés. Ces ouvrages sont de véritables feux d'artifice allumés par la verve de leur auteur. L'humour atteint souvent ici son paroxysme. Bérurier y tient une place « énorme », au point d'en être parfois la vedette !

Remarque importante : outre ces neuf volumes, de nombreux autres « Hors-Collection » – originaux ou rééditions de *Frédéric Dard* – signés **San-Antonio** ont été publiés depuis 1979. Ces livres remarquables, souvent bouleversants *(Faut-il tuer les petits garçons qui ont les mains sur les hanches ?, La vieille qui marchait dans la mer, Le dragon de Cracovie...)* ne concernent pas notre policier de choc et de charme. Sont mentionnés dans les « Hors-Collection » ci-dessous uniquement les romans dans lesquels figure le *Commissaire San-Antonio !*

- **L'HISTOIRE DE FRANCE VUE PAR SAN-ANTONIO**, 1964 – réédité en 1997 sous le titre **HISTOIRE DE FRANCE**
- **LE STANDINGE SELON BÉRURIER**, 1965 – réédité en 1999 sous le titre **LE STANDINGE**
- **BÉRU ET CES DAMES**, 1967 – réédité en 2000
- **LES VACANCES DE BÉRURIER**, 1969 – réédité en 2001
- **BÉRU-BÉRU**, 1970 – réédité en 2002
- **LA SEXUALITÉ**, 1971 – réédité en 2003
- **LES CON**, 1973 – réédité en 2004
- **SI QUEUE-D'ÂNE M'ÉTAIT CONTÉ**, 1976 (aventure entièrement vécue et racontée par Bérurier) – réédité en 1998 sous le titre ***QUEUE D'ÂNE***
- **NAPOLÉON POMMIER**, 2000

→ Paru en 2001 dans un format « moyen » non numéroté, **CÉRÉALES KILLER** est bien le 175e roman de la série *San-Antonio*. Réédité en poche en 2003.

2. Guide thématique de la série « San-Antonio »

Les aventures de San-Antonio sont d'une telle richesse que toute tentative pour les classifier ne prêterait – au mieux – qu'à sourire si l'on devait s'en tenir là. Une mise en schéma d'une telle œuvre n'a d'intérêt que comme jalon, à dépasser d'urgence pour aller voir « sur place ». Comment rendre compte d'une explosion permanente ? Ce petit guide thématique n'est donc qu'une « approche », partielle, réductrice, observation d'une constellation par le tout petit bout de la lorgnette. San-Antonio, on ne peut le connaître qu'en le lisant, tout entier, en allant se regarder soi-même dans le miroir que nous tend cet auteur de génie, le cœur et les yeux grands ouverts.

Dans les 175 romans numérotés parus au Fleuve Noir, on peut dénombrer, en simplifiant à l'extrême, 10 types de récits différents. Bien entendu, les sujets annexes abondent ! C'est pourquoi seul a été relevé ce qu'on peut estimer comme le thème « principal » de chaque livre.

Le procédé vaut ce qu'il vaut, n'oublions pas que « simplifier c'est fausser ». Mais il permet – en gros, en très gros ! – de savoir de quoi parlent les *San-Antonio,* sur le plan « polar ». J'insiste : gardons à l'esprit que là n'est pas le plus important. *Le plus important, c'est ce qui se passe entre le lecteur et l'auteur, et qu'on ne pourra jamais classer dans telle ou telle catégorie.*

Avertissement

Comme il serait beaucoup trop long de reprendre tous les titres, seuls leurs *numéros* sont indiqués sous chaque rubrique. ATTENTION : ce sont les numéros de la collection « *San-Antonio* » référencée **S-A** dans la bibliographie ! En effet, les ouvrages de cette collection sont et seront encore disponibles pendant longtemps.

Néanmoins, ces numéros sont chaque fois rangés dans l'ordre chronologique des parutions, du plus ancien roman au plus récent.

A. Aventures de Guerre, ou faisant suite à la Guerre.

Pendant le conflit 39-45, San-Antonio est l'as des *Services Secrets.* Résistance, sabotages, chasse aux espions avec actions d'éclat. On plonge ici dans la « guerre secrète ».

→ S-A **107** (reprise du tout premier roman de 1949) • S-A **43** • S-A **44** • S-A **47**

Dans les années d'après-guerre, le commissaire poursuit un temps son activité au parfum de contre-espionnage (espions à identifier, anciens collabos, règlements de comptes, criminels de guerre, trésors de guerre). Ce thème connaît certains prolongements, bien des années plus tard.

→ S-A **45** • S-A **50** • S-A **63** • S-A **68** • S-A **78**

B. Lutte acharnée contre anciens (ou néo-)nazis

La Guerre n'est plus du tout le « motif » de ces aventures, même si l'enquête oppose en général San-

Antonio à d'anciens nazis, avec un fréquent *mystère à élucider.* C'est pourquoi il était plus clair d'ouvrir une nouvelle rubrique. Les ennemis ont changé d'identité et refont surface, animés de noires intentions ; à moins qu'il s'agisse de néo-nazis, tout aussi malfaisants.

→ S-A **54** • S-A **58** • S-A **59** • S-A **38** • S-A **92** • S-A **93** • S-A **42** • S-A **123** • S-A **151**

C. San-Antonio opposé à de dangereux trafiquants

Le plus souvent en mission à l'étranger, San-Antonio risque sa vie pour venir à bout d'individus ou réseaux qui s'enrichissent dans le trafic de la drogue, des armes, des diamants… Les aventures démarrent pour une autre raison puis le trafic est découvert et San-Antonio se lance dans la bagarre.

→ S-A **3** • S-A **65** • S-A **67** • S-A **18** • S-A **14** • S-A **110** • S-A **159**

D. San-Antonio contre Sociétés Secrètes : un homme traqué !

De puissantes organisations ne reculent devant rien pour conquérir pouvoir et richesse : *Mafia* (affrontée par ailleurs de manière « secondaire ») ou *sociétés secrètes* asiatiques. Elles feront de notre héros un homme traqué, seul contre tous. Il ne s'en sortira qu'en déployant des trésors d'ingéniosité et de courage.

→ S-A **51** • S-A **138** • S-A **144** • S-A **160** • S-A **170** • S-A **171** • S-A **172** • S-A **173**

Certains réseaux internationaux visent moins le profit que le chaos universel. San-Antonio doit alors défier lors d'aventures échevelées des groupes *terroristes* qui cherchent à dominer le monde. Frissons garantis !

→ S-A **34** • S-A **85** • S-A **103** • S-A **108**

E. Aventures *personnelles* : épreuves physiques et morales

Meurtri dans sa chair et ses sentiments, San-Antonio doit *s'arracher à des pièges mortels.* Sa « personne » – sa famille, ses amis – est ici directement visée par des individus pervers et obstinés. Jeté aux enfers, il remonte la pente et nous partageons ses tourments. C'est sans doute la raison pour laquelle plusieurs de ces romans prennent rang de *chefs-d'œuvre.* Bien souvent, le lecteur en sort laminé par les émotions éprouvées, ayant tout vécu de l'intérieur !

→ S-A **61** • S-A **70** • S-A **86** • S-A **27** • S-A **97** • S-A **36** • S-A **111** • S-A **122** • S-A **131** • S-A **132** • S-A **139** • S-A **140** • S-A **174** • **175**

F. À la poursuite de voleurs ou de meurtriers

Pour autant, on peut rarement parler de polars « classiques ». Ce sont clairement des *enquêtes,* mais à la manière (forte) de San-Antonio !

• Enquêtes « centrées » sur le vol ou l'escroquerie

Les meurtres n'y manquent pas, mais l'affaire tourne toujours autour d'un vol (parfois chantage, ou fausse monnaie...). Peu à peu, l'étau se resserre autour des malfaiteurs, que San-Antonio, aux méthodes « risquées », finit par ramener dans ses filets grâce à son cerveau, ses poings et ses adjoints.

→ S-A **2** • S-A **62** • S-A **73** • S-A **80** • S-A **10** • S-A **25** • S-A **90** • S-A **113** • S-A **149**

• **Enquêtes « centrées » sur le meurtre**

À l'inverse, ces aventures ont le meurtre pour fil conducteur. San-Antonio doit démêler l'écheveau et mettre la main sur le coupable, en échappant bien des fois à la mort. Vol et chantage sont encore d'actualité, mais au second plan.

→ S-A **55** • S-A **8** • S-A **76** • S-A **9** • S-A **5** • S-A **81** • S-A **83** • S-A **84** • S-A **41** • S-A **22** • S-A **23** • S-A **28** • S-A **35** • S-A **94** • S-A **17** • S-A **26** • S-A **60** • S-A **100** • S-A **116** • S-A **127** • S-A **128** • S-A **129** • S-A **133** • S-A **135** • S-A **137** • S-A **143** • S-A **145** • S-A **152** • S-A **161** • S-A **163**

• (Variante) **Vols ou meurtres *dans le cadre d'une même famille***

→ S-A **4** • S-A **7** • S-A **74** • S-A **46** • S-A **91** • S-A **114** • S-A **141** • S-A **148** • S-A **154** • S-A **165**

G. Affaires d'enlèvements

Double but à cette *poursuite impitoyable* : retrouver les ravisseurs et préserver les victimes !

→ S-A **56** (porté à l'écran sous le titre *Sale temps pour les mouches*) • S-A **16** • S-A **13** • S-A **19** • S-A **39** • S-A **52** • S-A **118** • S-A **125** • S-A **126** • S-A **136** • S-A **158**

H. Attentats ou complots contre hauts personnages

Chaque récit tourne autour d'un attentat – visant souvent la sécurité d'un état – que San-Antonio doit à tout prix empêcher, à moins qu'il n'ait pour mission de… l'organiser au service de la France !

→ • S-A **48** • S-A **77** • S-A **11** • S-A **21** • S-A **88** • S-A **96** • S-A **33** • S-A **95** • S-A **98** • S-A **102** • S-A **106** • S-A **109** • S-A **120** • S-A **124** • S-A **130**

I. Une aiguille dans une botte de foin !

À partir d'indices minuscules, San-Antonio doit *mettre la main sur un individu, une invention, un document* d'un intérêt capital. Chien de chasse infatigable, héroïque, il ira parfois au bout du monde pour dénicher sa proie.

→ S-A **49** • S-A **53** • S-A **57** • S-A **66** • S-A **71** • S-A **72** • S-A **40** • S-A **15** • S-A **12** • S-A **87** • S-A **24** • S-A **29** • S-A **31** • S-A **37** • S-A **89** • S-A **20** • S-A **30** • S-A **69** • S-A **75** • S-A **79** • S-A **82** • S-A **101** • S-A **104** • S-A **105** • S-A **112** • S-A **115** • S-A **117** • S-A **119** • S-A **121** • S-A **134** • S-A **142** • S-A **146** • S-A **147** • S-A **150** • S-A **153** • S-A **156** • S-A **157** • S-A **164** • S-A **166** • S-A **167**

J. Aventures aux thèmes entremêlés

Quelques récits n'ont pris place – en priorité du moins – dans aucune des rubriques précédentes. Pour ceux-là, le choix aurait été artificiel car aucun des motifs ne se détache du lot : ils s'ajoutent ou s'insèrent l'un dans l'autre. La caractéristique est donc ici *l'accumulation des thèmes.*

→ S-A **32** • S-A **99** • S-A **1** • S-A **6** • S-A **64** • S-A **155** • S-A **162** • S-A **168** • S-A **169**

SANS OUBLIER...

Voilà donc répartis en thèmes simplistes *tous* les ouvrages de la série. Mais les préférences de chacun sont multiples. Plus d'un lecteur choisira de s'embarquer dans un « San-Antonio » pour des raisons fort éloignées de la thématique du polar. Encore heureux ! On dépassera alors le point de vue du spécialiste, pour ranger de nombreux titres sous des bannières différentes. Avec un regard de plus en plus coloré par l'affection.

Note

Contrairement à ce qui précède, certains numéros vont apparaître ici à plusieurs reprises. C'est normal : on peut tout à la fois éclater de rire, pleurer, s'émerveiller, frissonner, s'émouvoir... dans un même *San-Antonio !*

• ***Incursions soudaines dans le fantastique***

Au cours de certaines affaires, on bascule tout à coup dans une ambiance mystérieuse, avec irruption du « fantastique ». San-Antonio se heurte à des faits *étranges :* sorcellerie, paranormal, envoûtement…

→ S-A **28** • S-A **20** • S-A **129** • S-A **135** • S-A **139** • S-A **140** • S-A **152** • S-A **172** • S-A **174**

• ***Inventions redoutables et matériaux extraordinaires***

Dans plusieurs romans, le recours à un attirail futuriste entraîne une irruption soudaine de la *science-fiction.* Il arrive même qu'il serve de motif au récit. Voici un échantillon de ces découvertes fabuleuses pour lesquelles on s'entretue :

Objectif fractal (un grain de beauté photographié par satellite !), réduction d'un homme à 25 cm, armée tenue en réserve par cryogénisation, échangeur de personnalité, modificateur de climats, neutraliseur de volonté, lunettes de télépathie, forteresse scientifique édifiée sous la Méditerranée, fragment d'une météorite transformant la matière en glace, appareil à ôter la mémoire, microprocesseur réactivant des cerveaux morts, et j'en passe… !

→ S-A **57** • S-A **12** • S-A **41** • S-A **23** • S-A **34** • S-A **35** • S-A **37** • S-A **89** • S-A **17** • S-A **20** • S-A **30** • S-A **64** • S-A **69** • S-A **75** • S-A **105** • S-A **123** • S-A **129** • S-A **146**

• ***Savants fous et terrifiantes expériences humaines***

→ S-A **30** • S-A **52** • S-A **116** • S-A **127** • S-A **163**

• ***Romans « charnière »***

Sont ainsi désignés les romans où apparaît pour la première fois un nouveau personnage, qui prend définitivement place aux côtés de San-Antonio.

S-A **43** : Félicie (sa mère), *en 1950.*
S-A **45** : Le Vieux (Achille), *en 1952.*
S-A **49** : Bérurier, *en 1953.*
S-A **53** : Pinaud, *en 1954.*
S-A **66** : Berthe (première apparition physique), *en 1957.*
S-A **37** : Marie-Marie, *en 1968.*
S-A **94** : Toinet (ou Antoine, le fils adoptif de San-Antonio), *en 1971.*
S-A **128** : Jérémie Blanc, *en 1986.*
S-A **168** : Salami, en *1997.*
S-A **173** : Antoinette (fille de San-Antonio et Marie-Marie), en *1999.*

Mathias, le technicien rouquin, est apparu peu à peu, sous d'autres noms.

• ***Bérurier et Pinaud superstars !***

Le Gros, l'Inénarrable, Béru ! est sans conteste le plus brillant « second » du commissaire San-Antonio. Présent dans la majorité des romans, il y déploie souvent une activité débordante. Sans se hisser au même niveau, le doux et subtil Pinaud tient aussi une place de choix…

• *participation* importante *de Bérurier*
→ S-A **18** • S-A **10** • S-A **11** • S-A **14** • S-A **22** • S-A **88** • S-A **23** • S-A **24** • S-A **27** • S-A **28** • S-A **32** • S-A **34** • S-A **37** • S-A **89** • S-A **90** • S-A **93** • S-A **97** •

S-A **1** • S-A **20** • S-A **30** • S-A **33** • S-A **46** • S-A **52** • S-A **75** • S-A **101** • S-A **104** • S-A **109** • S-A **116** • S-A **126** • S-A **145** • S-A **163** • S-A **166**

N'oublions pas les « Hors-Collection », avec notamment *Queue d'âne* où Bérurier est seul présent de bout en bout !

· *participation* importante *de Bérurier* et *Pinaud*
→ S-A **12** • S-A **87** • S-A **25** • S-A **35** • S-A **96** • S-A **105** • S-A **111** • S-A **148** (fait exceptionnel : San-Antonio ne figure pas dans ce roman !) • S-A **156**

• ***Marie-Marie, de l'enfant espiègle à la femme mûre***

Dès son apparition, Marie-Marie a conquis les lecteurs. La fillette malicieuse, la « Musaraigne » éblouissante de *Viva Bertaga* qui devient femme au fil des romans est intervenue dans plusieurs aventures de San-Antonio.

· *Fillette espiègle et débrouillarde :*
→ S-A **37** • S-A **38** • S-A **39** • S-A **92** • S-A **99**

· *Adolescente indépendante et pleine de charme :*
→ S-A **60** • S-A **69** • S-A **85**

· *Belle jeune femme, intelligente et profonde :*
Il ne s'agit parfois que d'apparitions intermittentes.
→ S-A **103** • S-A **111** • S-A **119** • S-A **120** • S-A **131** (où Marie-Marie devient veuve !) • S-A **139** • S-A **140** • S-A **152**

· *Femme mûre, mère d'Antoinette (fille de San-Antonio) :*
→ S-A **173** • S-A **174** • **175**

• ***Le rire***

Passé la première trentaine de romans (et encore !), le *rire* a sa place dans toutes les aventures de San-Antonio, si l'humour, lui, est *partout,* y compris au cœur de la colère, de l'amour et de la dérision. Mais plusieurs aventures atteignent au délire et nous transportent vraiment d'hilarité par endroits. Dans cette catégorie décapante, on conseillera vivement :

→ S-A **10** • S-A **14** • S-A **87** • S-A **88** • S-A **23** • S-A **25** • S-A **2** • S-A **35**

Y ajouter, là encore, tous les « Hors-Collection ». Qui n'a pas lu *Le Standinge, Béru-Béru* ou *Les vacances de Bérurier* n'a pas encore exploité son capital rire. Des romans souverains contre la morosité, qui devraient être remboursés par la Sécurité Sociale !

• ***Grandes épopées planétaires***

San-Antonio – le plus souvent accompagné de Bérurier – nous entraîne aux quatre coins de la planète dans des aventures épiques et « colossales ». Humour, périls mortels, action, rebondissements.

→ S-A **10** • S-A **87** • S-A **88** • S-A **24** • S-A **37** • S-A **89**

• ***Les « inoubliables »***

Je rangerais sous ce titre quelques romans-choc (dont certains ont déjà été cités plusieurs fois, notamment dans les épopées ci-dessus). On tient là des *chefs-d'œuvre,* où l'émotion du lecteur est à son comble. Bien sûr, c'est subjectif, mais quel autre critère adopter pour ce qui relève du coup de cœur ? Lisez-les : vous serez vite convaincus !

→ S-A **61** • S-A **70** • S-A **83** • S-A **10** • S-A **87** • S-A **88** • S-A **24** • S-A **25** • S-A **37** • S-A **111** • S-A **132** • S-A **140**

POUR FINIR...

Il ne me reste plus qu'à souhaiter à tous ceux qui découvrent les aventures de San-Antonio (comme je les envie !) des voyages colorés, passionnants, émouvants, trépidants, surprenants, pathétiques, burlesques, magiques, étranges, inattendus ; des séjours enfiévrés ; des rencontres mémorables ; des confidences où l'intime se mêle à l'épopée.

Quant aux autres, ils savent déjà tout ça, n'est-ce pas ?

Ce qui ne les empêche pas de revisiter à tout instant la série *San-Antonio,* monument de la littérature d'évasion, pour toujours inscrit à notre patrimoine.

Raymond Milési

Correspondance entre l'ancienne numérotation de la collection « San-Antonio » et la nouvelle numérotation chronologique *portée sur chaque roman réimprimé à partir de 2003.*

S-A	→	***chrono***
S-A 1	→	***80***
S-A 2	→	***9***
S-A 3	→	***10***
S-A 4	→	***11***
S-A 5	→	***38***
S-A 6	→	***81***
S-A 7	→	***31***
S-A 8	→	***32***
S-A 9	→	***37***
S-A 10	→	***48***
S-A 11	→	***49***
S-A 12	→	***50***
S-A 13	→	***51***
S-A 14	→	***53***
S-A 15	→	***39***
S-A 16	→	***40***
S-A 17	→	***82***
S-A 18	→	***47***
S-A 19	→	***52***
S-A 20	→	***83***
S-A 21	→	***54***
S-A 22	→	***56***
S-A 23	→	***59***
S-A 24	→	***60***
S-A 25	→	***61***
S-A 26	→	***84***
S-A 27	→	***62***
S-A 28	→	***63***
S-A 29	→	***64***
S-A 30	→	***85***
S-A 31	→	***65***
S-A 32	→	***66***
S-A 33	→	***86***
S-A 34	→	***67***
S-A 35	→	***68***
S-A 36	→	***87***
S-A 37	→	***69***
S-A 38	→	***70***
S-A 39	→	***71***
S-A 40	→	***30***
S-A 41	→	***55***
S-A 42	→	***88***
S-A 43	→	***2***
S-A 44	→	***3***
S-A 45	→	***4***
S-A 46	→	***89***
S-A 47	→	***5***
S-A 48	→	***6***
S-A 49	→	***7***
S-A 50	→	***8***
S-A 51	→	***12***
S-A 52	→	***90***
S-A 53	→	***13***
S-A 54	→	***14***
S-A 55	→	***15***
S-A 56	→	***16***

S-A 57	→	***17***
S-A 58	→	***18***
S-A 59	→	***19***
S-A 60	→	***91***
S-A 61	→	***20***
S-A 62	→	***21***
S-A 63	→	***22***
S-A 64	→	***92***
S-A 65	→	***23***
S-A 66	→	***24***
S-A 67	→	***25***
S-A 68	→	***26***
S-A 69	→	***93***
S-A 70	→	***27***
S-A 71	→	***28***
S-A 72	→	***29***
S-A 73	→	***33***
S-A 74	→	***34***
S-A 75	→	***94***
S-A 76	→	***35***
S-A 77	→	***36***
S-A 78	→	***41***
S-A 79	→	***95***
S-A 80	→	***42***
S-A 81	→	***43***
S-A 82	→	***96***
S-A 83	→	***44***
S-A 84	→	***45***
S-A 85	→	***97***
S-A 86	→	***46***
S-A 87	→	***57***
S-A 88	→	***58***
S-A 89	→	***72***
S-A 90	→	***73***
S-A 91	→	***98***
S-A 92	→	***74***
S-A 93	→	***75***
S-A 94	→	***76***
S-A 95	→	***99***
S-A 96	→	***77***
S-A 97	→	***78***
S-A 98	→	***100***
S-A 99	→	***79***
S-A 100	→	***101***
S-A 101	→	***102***
S-A 102	→	***103***
S-A 103	→	***104***
S-A 104	→	***105***
S-A 105	→	***106***
S-A 106	→	***107***
S-A 107	→	***1***

À partir du n° **108**, les numéros de la collection « **S-A** » coïncident exactement avec les numéros ***chronologiques***.

R. Milési

Fleuve Noir
- Téléchargez des premiers chapitres
- Soyez au courant des dernières parutions
- Retrouvez toute l'actualité des auteurs
- Détendez-vous avec les jeux-concours
Restez à la page sur
www.fleuvenoir.fr

Achevé d'imprimer sur les presses de

BUSSIÈRE

GROUPE CPI

à Saint-Amand-Montrond (Cher)
en juin 2007

FLEUVE NOIR
12, avenue d'Italie
75627 Paris Cedex 13

— N° d'imp. : 70924. —
Dépôt légal : juillet 2007.

Imprimé en France